SACRED BOOKS

[1]

秘密阁楼
THE BOOK OF NONSENSE

魔法书奇异事件

[美] 戴维·迈克尔·斯莱特◎著

王爱英◎译

中国出版集团 现代出版社

版权登记号：01-2014-7389

图书在版编目（CIP）数据

魔法书奇异事件. 1, 秘密阁楼 ／（美）戴维·迈克尔·斯莱特著；王爱英译. —北京：现代出版社，2017.1
ISBN 978-7-5143-5388-4

Ⅰ. ①魔… Ⅱ. ①戴… ②王… Ⅲ. ①儿童小说－长篇小说－美国－现代 Ⅳ. ①I712.84

中国版本图书馆 CIP 数据核字（2016）第 232358 号

The Book of Nonsense (Sacred Books, Volume I) was
originally published by CBAY books, 2008

This translation of The Book of Nonsense (Sacred Books,
Volume I) is published by arrangement with David Michael
Slater through Rightol Media in Chengdu.

作　者	[美] 戴维·迈克尔·斯莱特
译　者	王爱英
责任编辑	赵妮
出版发行	现代出版社
地　址	北京市安定门外安华里 504 号
邮政编码	100011
电　话	010-64267325　64245264（传真）
网　址	www.1980xd.com
电子邮箱	xiandai@vip.sina.com
印　刷	三河市金泰源印务有限公司
开　本	660mm×900mm 1/16
印　张	13.25
版　次	2017 年 1 月第 1 版　2017 年 1 月第 1 次印刷
书　号	ISBN 978-7-5143-5388-4
定　价	29.80 元

献给海蒂

感谢你对无数胡言乱语的宽容

目录

CONTENTS

目录

CONTENTS

为寻找逻辑清晰而又言简意赅的句行，
必先经历无数次佶屈聱牙与胡话满篇……不敬之人断言，
巴别图书馆所藏书籍本就毫无文法，
若有一句合情合理……则为奇迹。

—— 豪尔赫·路易斯·博尔赫斯 ——

第一章

一家新书店

“一家新书店！”米尔顿·瓦克斯还没来得及走出停在门口的出租车，女儿黛芙娜便兴奋地喊道，“就在摩特诺玛村！爸爸，您一定要去看看！”

“一回家就听到这么激动人心的消息，太棒了，给我多说点儿。”米尔顿·瓦克斯冲女儿笑道，“你好，黛芙娜，见到你真高兴。”

“噢，我也是！”黛芙娜匆匆在爸爸的脸上吻了一下，又说起了那件令人兴奋的事儿，“书店占用了整个仓库，就是一直用木板封着的那个仓库！”她一边跟着爸爸去后备厢取行李，一边兴奋地说，“那家书店叫‘古书中心’，但我叫它ABC书店。书店特别大！简直不可思议！那是我见过的最不寻常的书店了。真正诡异的是，里面的每一本书都与魔法有关——我并不是真的对那种东西感兴趣，但那里确实很吸引人。爸爸，您淘了这么多年的书，但我敢打赌，您从没见过这样的书店，波特兰更是没有一家能比得上它。”

第一章 一家新书店

米尔顿刚刚结束长达六周的淘书之行。迄今为止，这是他外出时间最长的一次。黛芙娜知道他想进屋休息，但他错就错在提到他除了淘到几本想卖到市里的书以外，还弄到了一本罕见的古书，并急于了解这本书的行情。听到这里，黛芙娜提议道："我们把书都带到 ABC 书店吧，这样一举两得。"

出于对新书店的好奇，米尔顿同意了。他们开着自家的汽车，几分钟之后便站在了位于书店入口处的一堆拥挤发霉的书架之间。

但是，他们已经在这儿站了很长时间，而入口处那位魁梧苍白的男孩儿并没有理会他们。自从四周前书店开业以来，黛芙娜每天都来这里，每次都能看到他。跟往常一样，男孩儿正俯身低头翻看摊放在桌上的几本书。这次一共九本。他的下巴下面放着一本硕大的、写满字的旧皮面册子。尽管他看书时总握着钢笔，但黛芙娜只有一两次见他在上面写过字。

米尔顿第八次清了清嗓子，但那个令人讨厌的家伙还是没有理会他们。要不是黛芙娜悄悄过去看他到底在干什么，他可能一直那么待下去了。黛芙娜刚探过身，那家伙便啪的一声合上册子。他猛地抬起头，狰狞地咧嘴一笑，黛芙娜吓得向后一跳。当黛芙娜看到他的眼睛时，她禁不住尖叫了一声。

连米尔顿也惊愕极了，吐出一口凉气。男孩儿的眼睛布满了红血丝，深陷在下面的黑眼袋里，几乎毫无生机。黛芙娜暗自庆幸自己以前从未引起他的注意，否则，她整个暑假大概只

能在网上淘古书了。

"嘿，少管闲事！"男孩儿低声呵斥道。他盯着黛芙娜那双绿色的眼睛，然后咧嘴一笑，目光自上而下地扫过她的黑色短发和发旧的白球鞋，咕哝道："我敢肯定那人一定是你。"

黛芙娜吓呆了。这时，米尔顿走上前，再次清了清嗓子，用相当生硬的语气解释道，他是一位受人尊敬的淘书商，专门做珍稀图书生意。今天带来了一本罕见的古书，如果书店老板在，他也许考虑出手。

"给我看看！"红眼怪物猛地伸出大手，命令道，"我得确保没人浪费老爷子的时间。"

黛芙娜看到父亲面露愠色。可能跟她一样，父亲也想离这个可怕的家伙远远的，但她不得不再坚持一会儿。"爸爸，给他吧。"她催促道。

米尔顿极不情愿地从单肩包里掏出那本书。书用极薄的长布裹着，不太容易解开。解布时，米尔顿微微皱起了眉头。黛芙娜一阵后悔，她应该让父亲先在家休息一会儿的。又是飞机又是出租车的，他那要命的关节炎可能又犯了，何况现在正是阴冷的八月呢。长布终于解下来了，米尔顿把书放在桌子上。

这些年来，黛芙娜见父亲卖过一些奇怪的书，但她还是第一次看到这样一本书。这本书又长又薄，像一本厚菜单似的——但这不是主要的，她好像在哪儿见过这种形状的书。真正不同寻常的是，与市面上的古书相比，这本书的品相太差了。

黑黢黢的封面已经磨损开裂，卷曲变形的书页好像被水浸过，页边焦黑剥落，好像在大火中死里逃生过一般。

此外，这本书虽然看上去像一本日记，里面却全是古怪的文字。在来 ABC 书店的途中，黛芙娜简单翻看了其中一页。老化易碎的书页上全是手写的字迹，看着像潦草古怪的外文，但又无法确认，因为一切都模模糊糊。黛芙娜只要在车上看书就会头晕，她只好小心地把书照原样包好。

那个怪物似的男孩儿抓过书翻看起来，好像这书跟一本新出版的漫画书一样不值钱。黛芙娜担心的是，男孩儿那双粗暴的手就要把书给毁了。"啊，把这破东西从这里拿走——"他讽刺地说。但没等他说完，书店深处便传来一阵敲击声，打断了他的话。

黛芙娜和爸爸抬头向入口处聚拢的书架上方望去，那敲击声却停下了。怪物啪的一声合上书，塞给米尔顿。"我才不在乎呢！"他哼着鼻子说，"去给老爷子看吧。他的办公室在书店中央的帘子后面。"但他既不领他们去，也不告诉他们怎么走，而是戴上了一副宽大的深色墨镜，接着说，"跟他说埃米特打猎去了。"然后径自向门口走去。经过黛芙娜身边时，他稍作停留，用一种早已知晓的语气说："明天见。"然后扬长而去。

原来这个可怕的家伙知道她每天都来这里。这虽然让她感到不安，却没有令她感到特别吃惊。"对不起，爸爸。"她耸了耸肩，尽量把不安抛在脑后。

米尔顿虽然恼火，但仍然饶有兴致地望着一条通往书店中央、两边都是书架的过道。这种从入口处到书店深处的过道共有九条。黛芙娜察觉到，父亲似乎已经意识到自己低估了这家书店的规模。

　　"跟我来！"说完黛芙娜便向一条狭窄的过道走去，父亲则拖着双腿踉踉跄跄地跟在她身后。两人立刻被书海吞没了。他们的上下左右到处都是形状各异、大小不一的图书。书店内部没有墙壁，由高大的书架分隔成不同的空间。这些书架朝向不一，因而无法预测书架之间的过道通向何处。那些过道虽然看似纷乱无序，但全部通向一组塞满神秘古书、围成六边形的书架。无论朝哪一行书架上方望去，黛芙娜都能同时看到许多"房间"和"过道"。显然，父亲也发现了这一万花筒般的效果。在塞满古书的高大书架之间穿行时，他虽然一句话没说，但满脸都是敬畏的神情。

　　黛芙娜一连做了几个深呼吸，感受着古书熟悉的气味。这气味是复杂的：这是破旧皮子和磨损布面的气味；是被无数双手触摸过、被各种食物和饮料浸染过的卷皱书页的气味；是异想天开的气味；是人们真实生活的气味。**这是时间的气味**，黛芙娜想，是她从小就熟悉的气味。这气味让她充满生机和活力。

　　当然，黛芙娜之所以爱书并不是因为这些气味，而是因为文字本身。只要你能够按照正确的语序读出正确的文字，便可以学会世上的一切，这是多么令人兴奋的事啊！

"慢点儿，黛芙[1]。"米尔顿在后面喊着。

黛芙娜停下脚步。她已经习惯了在 ABC 书店漫无目的地闲逛，让可靠的直觉为她引路，但对米尔顿来说这却是一件非常困难的事，因为每隔几步，地板上便有一大摞东倒西歪的古书。父亲赶上来时，黛芙娜凝视着他。这是自父亲回家后，她第一次这样仔细地打量他。他看上去与其说疲惫，不如说心不在焉。

一定是因为戴克斯，黛芙娜意识到。父亲到家时，她的双胞胎哥哥戴克斯却故意不在家，而父亲也没有问他去哪儿了。他一定是太难过了！戴克斯明明知道早饭后父亲会回来，却还是决定出去闲逛，天知道他每天都在干什么。黛芙娜觉得，哥哥故意不在家是为了惩罚整个夏天都在外淘书的父亲。父亲这样做，她当然也感到不快，但她却不愿意为此生闷气。因为她知道，淘书商一旦发现有希望的线索，哪怕需要绕过半个地球也必须追寻下去。况且，不管怎样，父亲毕竟在他们生日之前赶了回来——尽管只提前了一天。黛芙娜迫不及待地想知道父亲为他们的生日做了哪些安排。

她记得父亲曾经说过，在人的一生中，十三岁的生日特别重要，等那天来到时，他们一定要做一些真正特别的事情。

"对不起，爸爸。"黛芙娜看着父亲调匀呼吸。

---

[1] 黛芙为黛芙娜的昵称；下文中，戴克斯为戴克斯特的昵称。——编者注

两人继续向前跋涉，在书堆中拐来拐去，行进的速度更慢了。

黛芙娜再次兴奋起来，开始对他们经过的地方指指点点。"那些书全是关于魔法的。"她挥舞着一根手指说，"噢，那些是关于巫术和魔咒的。这些，所有这些，都是关于召唤术的。"她把"召唤术"说得很重，因为前几天她刚查过这个词。

"看那里，爸爸，那些都是施魔法和下咒语的指南。不知道那里的那些书是干什么用的。那部分我也从没看过。噢，正前方的那个过道，两边的书架上摆满了男巫和女巫的传记。那儿一堆一堆的书，我以前觉得挺烦人的，都是鉴别护身符的手册。后面还有一部分书，全是魔杖和权杖的使用说明。很疯狂，是吧？"

对黛芙娜来说，魔法是种幼稚的爱好，但她不得不承认，这个地方收藏的魔法书，在吊灯朦胧的光线下泛着微光，看上去令人着迷。

"太壮观了！"米尔顿吐出一口气，"我从没见过这样的书店，但恐怕我有点儿——噢，你看！"在糊里糊涂不知转过多少个弯后，他们终于发现自己站在了一条挂在两组巨大书架之间的厚重的棕色帘子前。"我刚才还以为我们在兜圈呢。"米尔顿感叹说。

黛芙娜本来想说她也在担心这个问题，目光却被帘子的开口处吸引了过去。从开口处望去，隐约可见一个羸弱驼背的老

人坐在昏暗的桌旁。看到这个景象，黛芙娜忽然感到一阵莫名的恐慌。

房间里擦燃了一根火柴，一双颤抖的手点亮了两支蜡烛。

"进来！进来，我的朋友，"一个粗哑刺耳的声音说，"我很愿意跟你们谈谈。"

第二章

林中空地

妹妹和父亲无疑正在某个蹩脚的书店流连，也许就在黛芙娜大部分暑假时间都泡在里面的那个新书店。戴克斯特·瓦克斯一边在摩特诺玛村的乡间小路上闲逛，一边猜想。当然，这儿并不是真正的村子，"摩特诺玛村"只是人们给这一社区，尤其是主道两旁的古玩店（在他看来更像是廉价二手店）起的外号而已。戴克斯虽然方向感极差，却喜欢到处闲逛，而且从来不怕迷路。在他看来，既然漫无目的，何谈迷路？

戴克斯无论如何也不会坐在家里等父亲回来的。没门儿！他为什么要在那儿看黛芙娜和父亲兴致勃勃地讨论一堆无用的旧书可能值多少钱？即使这是一个多月以来他第一次有机会跟父亲待在一起，那又怎样？父亲可能马上又要出门淘书去了。他只要说自己忘了出租车几点到家，就能蒙混过关了。就算他从未忘记过这类小事，又能怎样？现在，哪怕父亲确实正在为他和妹妹似乎非常重要的十三岁生日做安排，他也要设法"忘"了过这个生日。明天早晨，也许他该趁大家还没起床的时候就溜出家门。

戴克斯经过摩特诺玛村邮局，踏上通往加布里埃尔公园的小路。他穿着一条磨出破洞的牛仔裤，洞洞里露出了一些毛边。天随时可能下雨，但他丝毫没有留意。他正在为最后一周的自由被打搅了而心烦意乱，根本没有注意到阴沉下来的天空。

他需要去林中空地待一会儿。

前面那条林中小路是他去年发现的。那是他第一次逃学，他需要找一个藏身的地方。中学的好处就在于老师们都太忙了，像他这种几乎每次考试都不及格的孩子，只要不去打扰别人，老师们就顾不上对他施加太大的压力。

当然，那天他一进森林便迷路了，但在寻找出口时，他却发现了一块圆形空地。空地四周长着许多非常有趣的树。春天，树上会垂下绿色的花朵。踏入空地就像踏入了另一个世界，一个宁静平和，只有树枝、树叶和小鸟的世界。

整个暑假，戴克斯每周都会来这里几次。他喜欢看树上的花朵在微风中翻飞飘落。除了这个地方，他不知道该去哪里逃离生活的烦恼。当然，他还可以去康疗院看望他的秘密朋友露比。露比理解他，但他不能总去，因为他很可能遇到正在那儿做着可笑的好事的黛芙娜。

戴克斯被不断涌起的怨愤情绪淹没了。他低头匆匆向前走，脚下的小路不断向后退去。

突然，一只超大的鞋子映入他的眼帘。他还没有反应过来，便被鞋子的主人——一个大块头撞倒在地。

接着，那人抓住他的脖子，将他一把提起来，摁在一棵巨大的雪松上。戴克斯离地三英寸，双脚不由自主地抽搐着。他几乎要窒息过去了。拼命挣扎中，他只注意到扼住他的那个怪物长着一双可怕的红眼睛。

怪物的墨镜被撞得歪在了一边。他凑近戴克斯的脸，低声说："好巧啊！那人也许是你。"但接着，他又恶狠狠地补充说，"你最好给我等着！"说完他松了手，戴克斯重重地摔在了地上。

"哼！你最好也给我等着！你——！"戴克斯喘着粗气从地上爬起来，咆哮着说。

这个怪物正是埃米特。他露出期待的笑容，但当他发现戴克斯话没说完便收住口时，他放声大笑起来。其他孩子也都笑起来。附近站着一个留刺猬头、又高又瘦的红头发男孩儿，他一边疯子似的哈哈大笑，一边不断扭头去看身后另一群在笑的男孩儿。这是一群有名的小混混，戴克斯一直像躲避瘟疫一样躲着他们，好在整个夏天他都没怎么碰见他们。然而，他们现在就在这里。

"我说了，滚开！"埃米特冲红发男孩儿喊道，"否则说过的事不算数！"

"好的，好的。"红发男孩儿说，"走了，伙计们。"他窃笑

第二章 林中空地

着领着那帮人走了，一边走还一边回头张望。看他们走远后，埃米特也走了，他连看也没看戴克斯一眼。

但是，怎么还有大笑声？戴克斯注意到剩下的那些孩子了。那是一群潮男，一群在公园玩飞盘的富家子弟。就像躲避那帮小混混一样，戴克斯也总是躲避着他们。

令他困惑不解的是，刚才发生的事那么可笑吗？以至于让这么多本来不会凑在一起的孩子全都这样笑话他？

然而很快，戴克斯便明白了一切。湿漉漉的感觉正顺着他的裤腿向下蔓延。任何语言也不能描述他此刻的屈辱和愤怒。他张了张嘴，想诅咒这群可恶的浑蛋，却一句话也说不出来。

突然，天空响起轰隆隆的雷鸣声。随即，大雨如注，人群四散奔逃。

戴克斯回过神来，抓住这一时机闪进森林，踏上了他的那条秘密小路。他的脑子一片空白，像个活死人似的拖着脚步向林中空地走去。

到了那儿，他走进空地中央郁郁葱葱的树木之中，瘫倒在一堆湿漉漉的苔藓和落叶上。他本可以在树下找个避雨的地方，但他不在乎了。如果空地上有个挖好的大坑，他也会径直跳下去的。

在随后的一小时里，戴克斯像死鱼一样躺在那里，一遍又一遍地回想刚刚受到的屈辱。当时他怎么就不能说点儿什么呢？在他的生命中，他曾多次祈祷过能来一场绝妙的反击，他要用犀利的词语或机智的俏皮话摧毁折磨他的那些人！他总能看到其他孩子这么做，但他却一次也没有成功过。

相反，他总是被迫用石头般的沉默应对他人的取笑。从某种意义上来讲，这种方法是有效的。到小学结束时，孩子们已经不再追着问他诸如"猫字怎么写"这类问题了，因为他根本不搭理他们。但在他的内心深处，他知道沉默是懦弱者的避难所，因为沉默也是一种躲避。

但现在，戴克斯意识到了，他只能躲避一时。最终你必须面对现实，因为真相总会找到你、扼住你的喉咙、让你尿裤子。这只不过是一个时间早晚的问题。

戴克斯很想睡一会儿，但每当他快睡着时，附近动物的窸窣声或人们走动的脚步声惊醒他了。如果有人发现了这块空地，那将是压垮他的最后一根稻草。幸运的是，至今这地方还没有被人发现。

有那么一刻，戴克斯似乎听到了自己的呜咽声，但他告诉自己，顺着他脸庞流下的，只是雨水而已。

第三章

糟糕的交易

3

"我马上就出来。"米尔顿说。

没等黛芙娜表示抗议，父亲就钻进了那间办公室，留下她在外面生闷气。父亲谈生意时，从来不允许她观摩，因为他觉得黛芙娜不该置身于这种讨价还价的肮脏交易中。过去黛芙娜对这件事不太在意，但最近她正在读一些有关谈判艺术的书。谈判中有那么多微妙的方式可以让对方同意你的条件，这太有意思了。如果你是一个谈判高手，甚至可以让对方觉得自己占了便宜。

黛芙娜一气之下并没有继续浏览店里的图书，她打算做一件满怀负罪感的事情。但她有这个权利，不是吗？父亲不是说过一千次，有朝一日她将成为一名出色的淘书商吗？可是，如果她从没学过讨价还价，这怎么可能实现呢？拜托，再过十几个小时她就满十三岁了。再说，父亲这次出门那么长时间，也应该对她有所补偿。

黛芙娜打定了主意。

第三章 ✣ 糟糕的交易

　　她向身后看了一眼，然后走近由六面书架围拢而成的办公室，开始绕着书架慢慢走。书架上也许有个小窥孔，这样的话，她就不用再做一个了——这不是偷窥，不是的。可严格来说这就是偷窥。但在旧书店偷看自己父亲谈判，几乎不能叫作真正的偷窥。毫无疑问，黛芙娜感觉糟透了，但她决心已定。

　　不巧的是，书与书之间没有一丝缝隙，而且书的高度与书架层高完全一样。黛芙娜用手指夹住一本厚书的书脊，极其小心地向外拉了拉，但书丝毫没动。她再用些力气，书还是纹丝不动。书被卡死了。这些书就像墙上的砖块一样紧紧地卡在了一起。

　　灰心丧气的黛芙娜蹲下身去系松开的鞋带。她生气地拉拽着鞋带，以为事情就这样结束了。没想到的是，从这个新角度看去，她发现有一本书斜插在另外两本书之间。黛芙娜踟蹰片刻便凑了上去，她透过书本之间的三角空间向里望去。

　　小小的办公室里，两支变形的蜡烛淌着蜡油。昏暗摇曳的烛光下，坐着一位仿佛是世界上最年迈的老人。黛芙娜常去摩特诺玛村的康疗院探望老人，给他们读书。但眼前的这个老人弯腰驼背，形容枯槁，胳膊瘦得像根小树枝，而且脸色苍白，年纪看上去是康疗院大多数老人的两倍。

　　老人穿着一件毫无特色的褐色长袍，雪白的长胡须垂在胸前，随着他那颤颤巍巍的身体抖动。米尔顿·瓦克斯的年纪虽然比黛芙娜那些同学的父母大很多，但他站在老人旁边，却像铁塔一样魁梧。

"把书给我！"老人突然命令道。米尔顿大吃一惊，一时愣住了。黛芙娜也惊呆了。"把书给我！"老人伸出干枯的手，又说了一遍。黛芙娜发现，老人双眼紧闭。

"您说什么？"米尔顿吃力地问。

接下来的事情就更加古怪了。黛芙娜明明看到那个头发花白的老人冲父亲说了些什么，却什么也听不到，她一时以为自己耳聋了。但很快，她又听见老人用平和一些的语气说："把那本书给我。"

让她更加惊讶和困惑的是，父亲完全照办了。他把书放在老人的手上，用聊天般的语气说："这本书把我彻底搞糊涂了。我敢说我从没碰到过比这更古老的书。书里全都是一些古怪的文字，杂乱无章。在我看来，里面的大多数文字都不是真实存在的。我猜，这不是一个疯子的日志就是——"

黛芙娜知道，父亲一说起他淘到的那些古书便没完没了。但这一次，他还没说几句，老人便把书按在胸前，开始深深地呼气、吸气，然后大口大口地喘起粗气来。

"您不舒服吗，先生？"米尔顿问，显然吃了一惊。

老人很快恢复了平静，但仍然闭着眼睛。

"请原谅我。"他说，"到了我这个岁数，就容易犯这类毛病，不过你放心，我不会有危险的。"他深吸了一口气，把书放回原处，"我叫拉什，阿斯忒里俄斯·拉什。"

黛芙娜明白，对于一本罕见的古书，买家和卖家都会视如珍宝。但现在，这个古怪的老人把书紧紧搂在怀里，用关节突起的手指一会儿把书举起，一会儿把书翻开；他的脸和书挨得那么近，额头几乎贴到书上，这种情形她从未见过。

拉什把书翻过来、转过去，用指尖和手掌摩挲磨损的封面，甚至像闻香烟似的，把开裂的书脊放到鼻子下闻了闻；然后，他把书贴在脸上，好像那是他收到的一封情书似的。

除了尝上一口，拉什把书彻底把玩了一个遍，最后他终于把书放回桌上，但他的一只手依然按在书上面。他要打开书看看吗？黛芙娜心想。然而，拉什只是埋头闭眼地坐在那儿，再次重重地喘息起来。

"拉什先生？"米尔顿问。

过了一会儿，拉什的肩膀开始抖动，接着就像在剧烈地咳嗽似的，整个身体也抖动起来。伴随着越来越短促的喘息声，他抖动得越来越快、越来越厉害了。黛芙娜确信，拉什一定是重病发作了。但当那咳嗽似的声音变成哈哈大笑时，她才意识到这是怎么回事。最后，拉什干脆往椅背上一靠，公然大笑起来。

没有人像他这样大笑，黛芙娜心想，更不会笑这么长时间。这个人一定有严重的毛病，他比那个讨厌的助手还要吓人。黛芙娜希望父亲找个借口早点儿离开，但米尔顿只是两手插在旧花呢上衣的口袋里，满脸困惑地站在那里，什么也没有说。

黛芙娜的双脚开始发麻。她换了一种跪姿，不料却碰到了书架。虽然动静不大，拉什却突然止住笑声，猛地睁开双眼，顺着声音转过头来。一时间，那双眼睛好像训练过一样，径直盯向黛芙娜的窥孔。虽然这只是一瞬间的事，黛芙娜却觉得漫长到足以让她心惊胆战。

　　又是眼睛，但不是埃米特那样的红眼睛。拉什的眼睛，更加吓人。

　　这是一双空洞无物的眼睛，死水一般。他的眼洞难以置信的宽阔、敏锐。幸运的是，这双眼睛很快便转向了别处。

　　他是瞎子！黛芙娜心想，可是，一个看不见书的瞎子怎么能鉴别书的好坏呢？

　　拉什显然对刚才的动静失去了兴趣，他把头转回到书上。他又开始说话，但这一次，他的语气既谨慎又克制。"请原谅我小小的失控。"他说，"这本书，这本——荒谬的书——我可以问问你是在哪儿发现的吗？"

　　米尔顿没有马上回答。过了一会儿，他说："也许我应该下次再来。"

　　终于可以走了！黛芙娜心想。

　　"不，我的好人，没有下次了。"拉什笑着说。然后，他说了些什么。黛芙娜以为他在说悄悄话，于是竖起耳朵细听，但她什么也没听到。接着拉什说："瓦克斯先生，告诉我你在哪儿发现的这本书。"

米尔顿不再犹豫。"在土耳其的一个小镇，马拉蒂亚。"他说，"在一个小店里，我从来没有意识到……"

"你当然没有意识到。"拉什叹了口气，摇摇头笑着说，显然他对其中的细节不感兴趣。"你当然没有意识到！"他大笑着重复了一次。

米尔顿一脸困惑。"您对这本书感兴趣吗？"他问。

"嗯，"拉什想了想，"我不能确定这本书对我有什么用处，但你勾起了我的好奇心。"

黛芙娜点了点头，她猜他也会这么做，假装对正在讨价还价的东西不感兴趣。

"让我考虑一下。"拉什补充说。

"当然。"米尔顿说。他一边等一边转动着手上的银雕婚戒。他总是用同一只手的拇指转动无名指上的那枚婚戒。但现在他不应该这样做，因为这让他显得很焦虑，这是谈判中的一个大忌。就黛芙娜所知，自从母亲去世后，十三年来，他从未摘下过这枚戒指。

拉什似乎陷入沉思之中。他靠坐在椅子上，拿起倚在身后书架上的一根细长但有裂纹的木拐杖，敲了一下桌面，弄出一声轻响。黛芙娜意识到，这一定就是他们在入口处听到的敲击声。但是，他为什么敲桌子呢？

拉什转了转手中的拐杖，似乎做出了决定。他又不出声地说了些什么，然后说："我要了你这本书，你可以付钱给我，

但我更需要一个能干的帮手来这里帮我一小段时间。我眼睛不好，我那越来越没用的助手也跟我一样了。你家里有没有一个爱读书的孩子？"

"我女儿一定愿意来帮忙！"米尔顿大声说，黛芙娜吓得心慌意乱。如果过来帮忙意味着要与这个古怪的老头儿相处，她怎么会愿意呢？这老头儿也太吓人了！还有，父亲为什么让他把书白白拿走了？这一切都毫无道理。

"事实上，"米尔顿继续说，他把事情弄得更糟了，"我们说话的时候，她正在外面欣赏您的藏书呢！我敢肯定，她一定非常愿意来给您帮忙。她很喜欢给当地康疗院的老人们读书。"他补充说。然后他停顿了一下，又说，"但我还有八本书想卖给其他几家书店。我女儿将和我一起去，一直以来都是如此——我在外地待了一段时间，您知道。而且，明天是她的十三岁生日。"

拉什露出一口黄色的烂牙。"明天来最好，我保证不会留她太久。也许我还能在这里给她找件礼物。我们九点钟开门。"

"她会来的。"米尔顿坚定地说。然后，他又问："那么，我们成交了？"

黛芙娜眨了眨眼，彻底蒙了。她注意到拉什的手一刻也没离开过那本书。现在，他再次把书抱在胸前，嘴里又说了些什么。然后，她听见他说："你真会讨价还价，瓦克斯先生，但我们已经成交了。今天的谈话中令你感到疑惑的部分，请

第三章 糟糕的交易

你必须忘掉。"

米尔顿笑着说："那当然。"

黛芙娜简直不敢相信她所看到的一切。让他付钱呀！她差点儿喊出声来。但现在，这还不是最让她着急的事。

黛芙娜站起身，沿着过道悄悄退出来，感到既疲惫又恶心。假如这就是父亲的谈判方式，那她就能理解他为什么不许她旁听了。她需要平复一下心情，从入口处跑出了书店。值得庆幸的是，那个令人讨厌的埃米特还没有回来。

米尔顿则花了整整二十分钟才返回入口处。他刚迈出书店，天空中便传来轰隆的雷鸣声，随后，大雨倾盆而下。于是，他和黛芙娜以最快的速度，笨拙地跑回车上。

米尔顿启动汽车，驶向马路。他始终一言不发，黛芙娜觉得这样更好。她用眼角的余光扫了一眼正在开车的父亲。米尔顿那双棕色的眼睛不仅呆滞无光，似乎连眨也不眨一下。他脸上的神情忽而满意，忽而不满意，就像个糊涂老人似的，看着真令人沮丧。

黛芙娜失望透了。到目前为止，这是父女俩最糟糕的一次卖书经历了。而且她还有种不祥的预感：这恐怕也是最后一次了。

第四章

不欢而散

4

黛芙娜很想问问父亲：他怎么把书白白给了拉什？为什么拉什只动动嘴就能把他差来遣去？但是，这些问题一旦问出口，她偷窥的事就露馅儿了。显然，她不能问。

更麻烦的是，拉什让她去帮忙。对此米尔顿只字未提，而现在他们马上就要到家了。她当然不会去提醒他，这是肯定的。汽车在房后的车道上停了下来，黛芙娜准备迅速回到自己的房间。

但是，她刚把手放在车门门锁上，米尔顿却说："我们去卖其他几本书吧！"他摇了摇头，似乎想除去眼中的雾气似的，"我怎么忘了放在后备厢的那几本了！我们待会儿回来吃午饭，然后带上戴克斯和拉蒂去个好玩儿的地方。"

黛芙娜深吸了一口气。"爸爸，这次我就不去了。"她不敢相信自己竟然说出了这样的话。她尽力不看父亲的脸，但没能忍住。正像她所害怕的那样，米尔顿看上去既惊讶又受伤，脸色更难看了。

"啊，你……怎么……"他结结巴巴地说，"但是……我们……"

黛芙娜不忍心看父亲失望的脸，她找了一个借口。"我真的得给雷恩和蒂尔写最后一封信。"她说，"下周她们就从夏令营回来了，邮递员马上就要来了。"

这不是一个百分百的谎言。她确实需要给雷恩和蒂尔写信，只不过不知怎的她还没有收到她们的来信，她并没有夏令营的地址。

已经有八封未寄出的信躺在她的抽屉里了——也可能是九封。但她可以等她们回来后再给她们。

就这样吧。

黛芙娜匆匆走进屋，她很庆幸家里没人。她留心去听外面的动静，汽车还没有开走，发动机仍在空转。漫长的两分钟之后，米尔顿终于把车开走了。

黛芙娜溜回自己的房间。她不仅偷窥了父亲的谈判，还对他撒了谎。她今天像换了一个人似的。她想睡一会儿，躺上床后却心烦意乱了好长时间。为了宽慰自己，她爬起来给雷恩和蒂尔写一封特别长的信。之后，她总算断断续续地睡着了。

五点钟刚过黛芙娜便醒了。虽然感到浑身疲乏无力，但她叹了口气，强迫自己从床上爬起来，然后匆匆下了楼。她敢肯定拉蒂一定正在担心他们。

严格来讲，拉多娜·佩洛尼亚·拉蒂只是米尔顿的业务经理。但这并不是她唯一的角色，她还是米尔顿一家的管家、保姆、厨师和洗衣妇。除此之外，她还需要处理家中其他一切需要她做的事。当然，她并非一直都是这个角色。拉蒂为双胞胎的母亲西蒙娜工作过很多年。西蒙娜曾在科亚特－莫纳[①]开过一家书店。尽管西蒙娜是拉蒂的老板，两人却是最好的朋友。

　　然而，就在西蒙娜与米尔顿相识、结婚，生下戴克斯和黛芙娜后不久，一场变故改变了这一切。当时西蒙娜已经不再工作，而是在家里专心照顾孩子。就在两个孩子只有几周大时，拉蒂听说土耳其的一些山洞里藏着一些可能彻底改变世界珍稀图书格局的古书。由于无法抗拒这一诱惑，米尔顿、西蒙娜和拉蒂全都去了那里。

　　谁也没有料到，迎接他们的却是一场突如其来的地震。

　　山洞坍塌了。米尔顿受了重伤，他在医院住了好几周，身上的多处瘀青和伤口才得以恢复。但与西蒙娜相比，这就算不上什么了。西蒙娜掉下了深渊，并被无数落下的岩石掩埋。拉蒂没受重伤，至少身体上是这样的。她凭借自己的力量，磕磕绊绊地跑出了山洞，虽然腿上划了许多可怕的口子，但这反而让她得到了及时的救助。当然，黛芙娜对这些事情没有任何记忆，无论是她还是戴克斯都不可能记得自己曾在以色列生活

---

　　① 以色列的一个小镇。——编者注

第四章 ✦ 不欢而散

过。事故之后，他们很快搬到了美国的俄勒冈州。

拉蒂所受的伤直击心灵。她从此变得忧心忡忡，整日守在兄妹俩身旁，几乎寸步不离。她来到俄勒冈州的波特兰市，把自己安顿在瓦克斯家里，这让米尔顿得以接手妻子的工作，成了一名国际淘书商。拉蒂继续守护着黛芙娜和戴克斯，好像他们一直都住在随时可能坍塌的山洞里一样。

在过去，黛芙娜尚能忍受拉蒂的唠叨。事实上，有人事无巨细地关心自己，令她感觉十分受用。但在过去的一年中，事情变得越来越让人难以忍受了。拉蒂需要随时知道他们的去向，这让他们颇为烦恼。因此，拉蒂现在一定坐立不安。

黛芙娜不确定她现在能不能应付拉蒂。她蹑手蹑脚地进了厨房，悄悄在自己的位子上坐下来。幸运的是，拉蒂正在专心准备她的拿手菜，一种叫作迷魂汤①的中国汤。这是米尔顿的最爱，拉蒂整个上午都在外面搜罗食材。

拉蒂终于转过身来，她那绿色的眼睛里流露着焦虑和不安。"噢，黛芙，你回来了！"她叫道，"米尔顿在哪儿？我回家后查了电脑，知道他提前回来了。但我猜他可能带你们出去了。我正担心呢，该吃晚饭了你们怎么还没回来。"

"我们的确出去了，"黛芙娜叹了口气，"但爸爸又把我送

---

① 据作者讲，此前他听说过关于孟婆与迷魂汤的故事，误以为这是中国人爱吃的一种传统汤菜。——译者注

回来了。我在楼上睡了一会儿，我没事。"

"噢，但我不知道！那你爸爸在哪儿？戴克斯呢？"

就在这时，戴克斯从后门走了进来。他的头发湿漉漉的，还沾着碎树叶，皱巴巴的衣服上挂着一片又一片的苔藓。他看上去和黛芙娜一样昏昏沉沉。

"天啊，戴克斯特！"拉蒂尖叫道。拉蒂虽然长得小巧，她焦虑起来却十分吓人，而且她总爱焦虑。戴克斯没给她继续发问的机会，他迅速溜进洗衣间，关上了门。

"这样的天气你要找死啊——不穿外套！"拉蒂仍然训斥着他，"暑假快结束了！你在做什么呢，戴克斯特？这几天你怎么没跟我说一声？我一直在为你担心！"

"我睡着了。"戴克斯打开门。他换了一身运动服，用毛巾擦着头，走进厨房。

戴克斯不知道拉蒂何时才能明白，他再也不会每隔五分钟就向她汇报一次行踪了——尤其是在他和黛芙娜近期不大可能有部手机的情况下。焦虑过度是她自己的问题。

戴克斯甚至想过不回家吃晚饭，即使冒着拉蒂去请求国民警卫队寻找他的风险。但他知道，如果他继续躲避父亲，即使现在不用解释，以后也得费一番唇舌。

戴克斯没再解释什么，甚至没向妹妹点个头，他一屁股坐在自己的座位上。黛芙娜正在揉眼睛，她并没有发现什么异样。

拉蒂走近桌子，她那热情洋溢、红扑扑的脸上写满了担忧，就连她那卷曲的短发似乎也充满了焦虑。兄妹俩心里不由得一紧。"孩子们,"她看着他们说,"我知道我要求得太多了,但我……你们知道,我……"

"——答应过你们的母亲。"兄妹俩叹了口气说。

兄妹俩早就知道拉蒂答应过他们的母亲,万一她出了事,拉蒂将会照顾两个孩子。事实上,一直以来,这八个字所引发的内疚感总能让他们乖乖就范。

拉蒂看上去很担心,但这时后门又开了。

"你好,拉多娜!"米尔顿走进屋子,喊道,"我到家时黛芙告诉我,你出去买东西了。"

"欢迎回家,米尔顿!"拉蒂回答道,"我得把你最爱吃的东西买回来啊。汤马上就做好了!"

但米尔顿却把注意力放在了戴克斯的身上。

"你好,戴克斯!"米尔顿说,他用一种做作、慈父般的方式拍了拍戴克斯的肩膀。他做得太过火了,黛芙娜心想,大概是遭到儿子的冷遇后,不知道该怎样接近儿子吧。黛芙娜感到一阵恼怒,哥哥何必把一个简单的问候弄得这么复杂呢?

戴克斯不知道该如何应对这种问候。他觉得很虚假,尽管他很欣赏那种把"我爱你"挂在嘴边的情感外露型父亲,但米尔顿·瓦克斯不是那种父亲。

"嘿!"他尽可能把话说得干巴巴的。

"其余的书卖得怎样?"黛芙娜问,对哥哥毫无必要的冷淡语气颇为反感。

"噢，"米尔顿坐进自己的座位，回答她，"卖了一本叶芝的《1919》，那本书品相不错。"然后他笑了笑，"我在那个新地方，就是你说的那个 ABC 书店，谈了半天价钱。"

黛芙娜难以置信地看着父亲。米尔顿眨了眨依然雾蒙蒙的双眼，脸色黯然下来。

"你好像累坏了，米尔顿！"拉蒂放下汤碗，叫道，"你为什么不一到家就休息呢？你们今天都怎么啦？"

"我很好，拉多娜。"米尔顿回答道，但听上去却毫无说服力，"我只是有点儿累了。今晚我也许应该早点儿休息。"

"不是也许，是一定！吃完饭泡个热水澡，然后就去睡觉。"

米尔顿没有争辩，而是说："噢，黛芙，说起那个新地方，那个买书的老人，拉什先生，他想让你明天上午过去帮个忙，给他读读书，因为他……"

"拉什？"拉蒂一脸惊恐地问，"他的名字叫拉什？这名字真可怕。"

"为什么是我去？"黛芙娜问道，"这不公平，我一直都在给康疗院的老人们读书！"这句话提醒了她，"而且明天我又该去那儿了，让戴克斯去！"

"他不会让我去的。"戴克斯皱起眉头对妹妹说，"再说，那些值钱的老书，我只要看上一眼，它们就会散架。要我说，你就不能指望任何旧东西。"

第四章 ✤ 不欢而散

　　黛芙娜觉得哥哥最后这句话是故意针对父亲的，但也许是她想多了，戴克斯不过发发牢骚而已。事实上，当戴克斯毁掉的古书多得可以装满一个小型图书馆后，他就再也没跟父亲的古书打过交道。不管是哪种情况，米尔顿似乎都没有注意到戴克斯的话。

　　米尔顿真正注意的是黛芙娜。他看着她，惊愕地抬起眉毛。"拉什先生只要求帮点儿忙，"他说，"他是个盲人，需要一双好眼睛。"

　　"但为什么非得是我的眼睛啊？"黛芙娜抱怨道，父亲那双呆滞的眼睛和他颇为单调的解释让她纳闷。

　　"难道你不想学学如何经营书店吗？这个暑假你不是都泡在那个书店了吗？"

　　"课余时间，我愿意泡在哪里就泡在哪里！"黛芙娜咆哮着说，她自己也没料到她会这么生气，"雷恩和蒂尔去了夏令营，我却困在这儿整天无所事事，这能怪我吗？我甚至不知道有没有朋友给我打过电话，戴克斯连写个留言都嫌麻烦！"

　　戴克斯觉得，是妹妹对一句合情合理的话反应过激了。黛芙娜要输了，坦率地讲，整个事情相当有趣。也许她只是因为尴尬才生气的，谁让她整个暑假都泡在书店里呢？总之，她应该尴尬。"要是有人给你打过电话，"戴克斯讽刺地说，"太阳早从西边出来了。"

　　"噢，闭嘴，戴克斯！"

"黛芙娜！"米尔顿制止道。

"爸爸，您把那本书白白给了他！"

黛芙娜忍住不再说了，这等于她承认偷看父亲谈判了。

米尔顿听后，只是惊愕地看着她。他似乎吃了一惊，但也清醒多了。但接着，他却勃然大怒。"该死，黛芙娜！"他大叫道，"你必须去，因为我说了算！明天上午，九点整！"

黛芙娜的泪水夺眶而出。她转身向拉蒂求援，却发现拉蒂已经不在厨房了，可她并没有看见拉蒂离开。她感到不知所措，这绝对不是米尔顿·瓦克斯。米尔顿·瓦克斯从不大喊大叫；米尔顿·瓦克斯从不骂人；作为家长，米尔顿·瓦克斯也从未对他的任何一个孩子、用任何一种语气说过"因为我说了算"这句话。

连米尔顿似乎也意识到了自己前所未有的反常。他张着嘴，嘴唇哆嗦着，结结巴巴地说："我……我……"

黛芙娜冲出厨房，没给他道歉的机会。

"戴克斯特，"黛芙娜走后，米尔顿转向戴克斯说，"你也去，帮你妹妹一次不会死掉的。"

戴克斯怒视着父亲。父亲这么做只是为了让黛芙娜心理平衡而已。尽管他刚才也被父亲吓坏了，但他决不屈服。戴克斯想还嘴，想告诉父亲没门儿，但他做不到，那些话他就是说不出口。

"随便你。"戴克斯用微微颤抖的声音勉强说道。然后他站起身，走出厨房，觉得自己的脸面都丢尽了。

第五章

直面一切

晚上不到六点，兄妹俩便躺在床上了。

黛芙娜一进自己的屋子便啜泣起来，一直哭了将近一刻钟。如果父亲回来后就是这个样子，那他还是赶紧出差走了的好。不过，大哭一场还是有一样好处的，她哭得精疲力尽，之后便沉沉睡去，连梦也没做一个。

戴克斯却没有这样的好运。他跌入的不是梦乡而是绝望。他倒在床上，胡思乱想了好几个小时。他绝对不会去那个书店的。他太了解妹妹了，只要他去了，她一定会要求四处看看，然后让他去帮助那个不知是谁的老头儿。她也许会以"公平"的名义为自己辩解。这是她最喜爱的词了——好像什么公平、什么不公平，她全知道一样。现在，连温文尔雅的米尔顿·瓦克斯也变得咄咄逼人，对他发号施令了。他越想越气，感觉胸中的怒火就要喷出来了。

凌晨一点，戴克斯再也忍不住了。他走上楼，匆匆经过拉蒂的房间，来到了父亲的房门口。他要告诉米尔顿·瓦克斯，

第五章 ❖ 直面一切

你见鬼去吧！

他深吸一口气，轻轻推开房门。

"我要失败了，我知道。"父亲低声说。

这句简单的话让戴克斯紧绷的肌肉突然放松下来，他想诅咒父亲的愿望也立刻消失了。"不，爸爸，我……我……"

"全错了。我能感觉到。"米尔顿呻吟着说。

这一次，戴克斯没有搭话，因为他发现父亲并没有跟他讲话，他是在睡梦中自言自语。

窗外的街灯洒进来些许光线，照清楚了母亲的照片。他仔细地端详了一会儿那张若有所思的鹅蛋形脸庞。他很少这样做，尽管家里到处都是母亲的照片。

跟拉蒂一样，母亲五官小巧。事实上，他们俩长得有点儿像，只不过他母亲留着飘逸的长发，眼睛是淡蓝色的。她很漂亮，但由于额头和嘴角有一些深纹，显得有点儿老，但她看上去很幸福。带着一丝疲态的幸福。她快五十岁时才生下戴克斯和黛芙娜。戴克斯知道，女人在这个岁数生孩子已经相当晚了。

"我快搞砸了。"米尔顿哀叫道，把沉思中的戴克斯吓了一跳。"我知道，"他补充说，"我……我……我不能十分……我只是不确定……我不是坏人。"一种可怕的声音，一种好似痛苦哀叹般的声音从他喉咙里冒了出来。

戴克斯依然默默地听父亲莫名其妙的喃喃自语。最后，他走出房间，返回楼下，扑倒在自己床上。他在钻骨的怨愤中时

睡时醒，直到天明。

早饭时，拉蒂把两碗切成小块的什锦水果端上桌，放在一盒麦片旁。然后她告诉兄妹俩，他们的父亲一小时前去镇上淘书去了，因为他听说有两处高端房产要拍卖，而那样的地方往往是可以淘到珍稀图书的金矿。拉蒂说，米尔顿可能要出去大半天，而她自己也要出去办点儿事。

兄妹俩都感觉有些不对劲。拉蒂的声音听上去比平时还要紧张。

"答应我，不管你们去哪儿，记着给我留个字条。"拉蒂在门口裹上披肩，严肃地说。兄妹俩全无反应。"拜托，"她几近哀求着说，"就算为了让我安心。"

戴克斯翻了个白眼。

"戴克斯特，"拉蒂柔声问，"这事有那么……"

"我们不是小孩子了！"黛芙娜大声说。要是从前，答应一声并不难，但她现在就是不愿意这么做。

"我知道你们不是小孩子了，"拉蒂承认道，"只是每次你们俩一离开我的视线，我就觉得你们要出事了。拜托——主要是为了我。"

"好吧。"黛芙娜做出让步。

第五章 ✦ 直面一切

"不！"戴克斯坚定地说。

拉蒂的眼神立刻转为恐慌模式。

戴克斯用鼻子哼了一声。

"谢谢你，亲爱的。"拉蒂对黛芙娜说，然后她看看戴克斯，"你不想让我整天四处找你，是不是，戴克斯？"

"好吧！"戴克斯喊道，"我每走八步就告诉你一声，行了吧？"

拉蒂不知道该怎样回应才好。"谢谢，每隔几个小时告诉我一声就行了。"

但接着，她又对黛芙娜说："噢，听着，我知道你父亲让你去书店给拉什先生帮忙，但今天早晨我才意识到，昨天晚上我听到这个名字后为什么那么不安了。淘书的圈子很小，我和你母亲很久以前就认识一个叫阿斯忒里俄斯·拉什的人。那个人不仅不诚实，性情也是出了名的反复无常。今天早晨我没来得及跟你爸爸说这件事，但我敢肯定，他也会同意你最好别去那里了。事实上，黛芙娜，说真的，我觉得我们都应该远离那个地方。我知道，你们觉得我为你们担心过度，但在这件事上，我真的很坚持，就像我说过的——"

"没问题！"黛芙娜说，"我理解，谢谢您为我担心。"

拉蒂显然吃了一惊，她咧嘴一笑。"出去好好玩会儿。今天是你们的生日，对吧？"她眨眨眼，转身匆匆走了。

"我受够了！"戴克斯把勺子摔在桌上，愤愤地说。他一直在等父亲宣布盛大的生日安排，到时候他好断然拒绝、不予合作。这是他的一个重大决定：直面一切。

"但他昨天还跟那个老头儿提到了我的生日！"黛芙娜抗议说，"而且拉蒂刚……"

"那又怎样？"戴克斯冷笑着说，"他一听到那些愚蠢的拍卖就可能把我们的生日全忘了。拉蒂现在肯定出去买礼物了，好把礼物藏在爸爸的床底下。这你知道！"

黛芙娜刚要反驳，电话响了，她气冲冲地抓起电话。一听是父亲的声音，她的脸亮了起来。他一定有重要的事情要告诉他们，所谓的房产拍卖或许只是个借口。

但米尔顿说："嗨，黛芙，我只想确认一下，跟拉什先生约好的事，你不会迟到。"

"噢，这个事啊。"黛芙娜说，"拉蒂刚刚告诉我们，我们不能去。她跟妈妈一起工作时就认识他。她说那个人是个疯子什么的。"

"她说什么？"米尔顿问道，"不，她一定是弄混了。他昨天就很专业。"

"什么？"

"黛芙娜，"米尔顿说，"我告诉过他你会去那里。你知道，对淘书商来说，信用是他最大的财富。我得走了。"他突然结束谈话，然后挂断了电话。

黛芙娜摔下了听筒。

"怎么啦?"她看到了戴克斯得意的笑容,质问道。

"还是得去书店吧?"

"你也得去,戴克斯特。"黛芙娜回敬道,"我昨晚听见爸爸说的话了,你别装得好像什么都不知道似的。你知道,并不是我真的想让你去。我知道你死也不愿踏进书店一步,但我真的被那个叫拉什的家伙吓坏了,更别提书店入口处的那个神经病埃米特了。昨天那儿发生了特别诡异的事,你不知道,他是……"

"抱歉,"戴克斯打断她的话,"我还有其他安排。"

"你没有!你不过想去公园瞎混一整天。"

"我去见我的法语辅导老师。"戴克斯说,"我昨天忘了说了。"

黛芙娜顿时火冒三丈。"戴克斯特,"她怒气冲冲地喊道,"我知道,为了不让拉蒂烦你,你撒谎说你找了个辅导老师!我不是白痴!"

"你不是谁是?"戴克斯低吼着说。

"你的法语不及格!"

这么说,黛芙娜知道他得的第一个不及格了。上中学后,想及格越来越难了。

"你少管闲事!"戴克斯想回嘴,但他能够想到的只有这句话。

"巴不得呢。"黛芙娜说,"如果你想毁了自己的生活,关我什么事？”

"但你压根就没有生活可毁，但这关我什么事呢？" 戴克斯反击道。好家伙，这感觉真好。"你就是一个只会读书的怪物。"他补充说，"现在连爸爸也不关心你了。现在咱俩谁是白痴啊？"

"这不是真的！"

"黛芙娜，"戴克斯说，"比起他自己孩子的生日，他更在乎的是书！他淘书从没赚过什么钱！你知道，妈妈留给我们的钱够我们生活了。"

黛芙娜气得咬牙切齿。她被击败了。她竟然这么快就被击败了。

"那好，"她说，"你爱去哪儿去哪儿！" 没等戴克斯回话，她又补了一句，"但如果我是你，我肯定不会去法国的。"

戴克斯隔着桌子向她探过身去，努力用最恶毒的目光怒视着她。令他痛恨的是，她不仅迎上了他的目光，而且没有丝毫躲避。戴克斯努力压住火气，故作平静地站起身，去洗衣房拿上运动衫，然后打开了后门。

"Au revoir①！" 说完，他扬长而去。

---

① Au revoir 为法语，意为"再见"。——译者注

第六章

秘密阁楼

6

黛芙娜怒气冲冲地把餐盘放进洗碗池——当然也包括戴克斯的盘子，然后极不情愿地出了门。

走在阴沉的天空下，黛芙娜不禁想起了父亲。戴克斯说的话绝非真心，他不过想让她难受罢了。论聪明，戴克斯跟她可能不差上下，但论记性，戴克斯可比她强得多。但他永远不会努力，除非他真的很想做某件事。这种做派真让人费解。

黛芙娜很想把戴克斯说的话抛到脑后，但那些话却不断啃噬着她。事实上，如果父亲真的忘了他俩的生日，她也会非常生气。戴克斯说的也许并非全无道理，但她不愿意费心考虑到底哪些话有道理，或者有几分道理。但戴克斯竟然说她没有生活。可笑！他才是个怪物！

在学校，黛芙娜有许多朋友，几乎每天都有人找她玩，包括那些潮女！她不知道整个年级还有谁不知道她，而戴克斯呢？几乎没人知道戴克斯特·瓦克斯的存在。对于如何结交朋友一无所知的不是她，而是戴克斯。雷恩和蒂尔不仅是潮女，而且是最潮的两个！就算是她放学后从来没跟她们一起玩过，那又怎样？

但黛芙娜还没有傻到认为自己也是潮女的地步。她永远都不可能像蒂尔她们那样漂亮、时髦、高雅，尽管有时候她觉得自己跟蒂尔长得有点儿像。虽然她不是潮女，但雷恩和蒂尔仍和她是朋友，只是她所在的尖子班作业太多了，放学后她几乎没有时间跟她们待在一起。要不是今年暑假她们去了夏令营，她本可以时不时地去找她们一起玩儿的。黛芙娜被这些事搅得心烦意乱，直到她推开书店的前门，才猛然想起了拉什。

埃米特坐在桌旁。当他抬起头，用那双血红的眼睛看着她时，她真想再尖叫一声，不过她没这样做，而是伸出手，径直向他走去。埃米特好像以前从没见过手似的，目瞪口呆地看着她那只手，然后犹犹豫豫地伸出了自己的手。

"昨天我们没有正式作自我介绍。"黛芙娜说，"我叫黛芙娜·瓦克斯。"

"啊——嗯——"

"你叫埃米特。"

"是的。"

"很高兴认识你，埃米特。我猜今天我得帮你的老板干会儿活。我觉得我来晚了，那我直接去书店后面了。"黛芙娜抽回自己的手，留下埃米特一个人盯着他自己的那只手发愣。她悄悄嘘了口气，转身沿着过道向拉什的办公室走去，一边走一

边盘算着如何尽快地结束这一切。

戴克斯看着妹妹走进书店。

在去林中空地的路上，戴克斯对拉什这个人的好奇心占据了上风，于是他又折了回来。

戴克斯走近书店。看到埃米特在里面，他大吃一惊，连忙逃到街道对面的小巷。他本想等黛芙娜过来后提醒她一声，但最后决定还是算了吧，反正，她好像认识这个埃米特。也许他昨天碰上的倒霉事她也该沾上一点儿，也许这样才公平一些。

但既然看见她进去了，戴克斯不由得为她担起心来。他最不愿意做的事就是进书店了。他宁愿看这个地方被大火烧毁。但如果黛芙娜真的出了事，他将因为没有跟她一起去而受到指责。这一点他很清楚。

戴克斯犹豫了好一会儿，最后想出一个折中的办法。他可以先过去偷偷地瞧一瞧。也许他能撞见妹妹为那个老头儿做的什么尴尬事儿；也许他还能发现点儿让埃米特感到羞辱的事，这样一来，万一以后两人又遇见了，他就有了埃米特的把柄。

戴克斯从小巷出来，偷偷地穿过街道。显然，他不能大摇大摆地从书店前门进去，于是他沿着通往书店后面的水泥台阶匆匆而下。

第六章 ✦ 秘密阁楼

　　书店的前身是一座旧仓库，坐落在一个被碎石和青草覆盖的斜坡上，斜坡下面则是一排沿街的店铺。戴克斯发现，仓库后面没有入口，也没有一扇门或窗，整个就是一面巨大丑陋、油漆剥落的木板墙。

　　戴克斯垂头丧气地靠在墙上，挫败感如潮水般涌过他的全身。这是他熟悉的感觉，但他跟往常一样茫然不知所措。

　　他受够了。他需要去林中空地待一会儿。戴克斯转身刚要走，一颗冰凉的大雨点径直落在他头上。他异常恼火地抬头望去：雨点儿正沿着屋顶的边缘滴落下来。

　　屋顶！

　　戴克斯一边沿着仓库外墙走，一边寻找着可以爬上屋顶的地方。仓库尽头果然有一把生锈的梯子。他还没转完整个地方，怎么就想到放弃了呢？

　　戴克斯沿着湿滑的梯子小心地爬上去，登上了宽大平坦的屋顶。 个冲下的方形小门就在他的脚边。"活板门！"他低声说。即使地球上每座仓库的屋顶都有一扇活板门，看到它依然令人兴奋。但唯一的问题是，这扇活板门上挂着一把生锈的锁。

　　戴克斯深吸一口气，蹲下身把锁提起来。他的沉着冷静得到了回报，他只轻轻一拉，那把锁便从门上松开了。戴克斯高兴极了，他把活板门提起来放到一旁，然后向里望去——里面一片黑暗。

戴克斯需要认真想一想。一般来说，仓库应该不会只有一层。换句话说，仓库通常都有一个储藏货物的阁楼。好极了，他心想。他把头探进去，飘上来的朽木气味差点儿让他窒息。不过，他瞥见靠墙边有一把梯子，梯子上接活板门，下接阁楼地板。

　　戴克斯又深吸了一口气，然后爬到梯子上。第一个梯阶还好，但当他把脚放到第二个梯阶上时，梯子发出了一声不祥的嘎吱声，并微微离开了墙面，他的心一下子提到了嗓子眼里。他一动也不敢动，考虑着这样爬下去是否明智。最后，他心一横，又下了一级梯阶，这次梯子似乎又稳住了。慢慢地，戴克斯下到下面的黑暗中。

　　一步又一步。还算顺利，戴克斯想。他刚要松口气，脚下的木板便发出痛苦悠长、抗议般的嘎吱声。他本能地向下一蹲，扬起的灰尘和腐土让他再次差点儿窒息。他抬头寻找可以指路的东西。就在他的正前方，一道昏暗的光线从下面透了上来。他现在在阁楼上，那么说，前面应该就是阁楼的尽头。如果他能设法到达那里，他就有可能看到下面的书店了。

　　任何想要放弃的念头都消失了。不管这样做多危险、多恐怖，戴克斯正玩得开心。原因就是这么简单。他已经不记得他有多久没做过这么有趣的事了。

　　戴克斯向前爬去。地板朽烂不堪，指甲可以轻易抠进去，

第六章 秘密阁楼

但他依然爬得飞快。但当他爬出二三十英尺①远时，左手下方的地板发出咔嚓一声巨响，他一下子僵在了那里。他不仅担心被人听见，还担心自己会掉下去摔死。

戴克斯屏住呼吸。等了好大一会儿，他才俯下身平趴在地板上，然后开始以这个姿势向前滑行，像游泳一样穿过一堆堆灰尘。这个办法虽然让人难受，却很实用。戴克斯尽可能地屏住呼吸，奋力向前方的那道光线爬去。

终于，他到达了阁楼的边缘。

戴克斯向下望去，看到的却是一个迷宫。在他的视线范围内，几百组书架的顶部纵横交错，组成许多大小不一的六边形，他一时有些着迷。沿着阁楼的边缘望去，他发现自己已经到达了仓库的尽头。他刚意识到这一点，一个声音——一个独自哼唱的声音——把他的目光吸引了过去。一个女人正在那里浏览图书。

当他的眼睛适应了女人周围的昏暗光线后，不禁大吃一惊。他熟悉那头浓密雪白的头发和那副宽大的肩膀，那是他的秘密朋友露比。戴克斯目瞪口呆的时候，露比正好抬起头来。戴克斯觉得露比正看着他，尽管她脸上没有流露出任何表情。但他应该被阁楼的阴影遮住了。露比看见他了吗？他应该翻滚到一旁吗？就在这时，另一个声音传了过来。

---

① 1英尺约合0.3048米。——编者注

露比把目光移开了。现在埃米特也在那里。埃米特和露比看着彼此，却没有说话。戴克斯看着他们那样毫无表情地看着彼此，感觉怪异极了。最后，埃米特径直走开了。

迷惑不解的戴克斯决定沿着阁楼的边缘跟踪埃米特，但这并不容易，因为他只能绕着书店的中心部分移动，而且速度很慢。转眼间，埃米特便不见了。但另一个声音——黛芙娜的声音从书店中心附近传了过来。

"但为什么啊？"黛芙娜问，听上去很是沮丧。

戴克斯穿过灰尘，快速爬到他觉得是黛芙娜正上方的大概位置。是的，黛芙娜就在那里，在一个由满满当当的高大书架围拢而成的点着蜡烛的小房间里。黛芙娜坐在桌子的一侧，一个古怪的身穿褐色长袍的白胡子老头儿坐在她对面。一本又长又薄的书摊放在她面前，那老头儿俯身向前，两手抓着那本书。

"拉什先生？"黛芙娜问。

过了一会儿，老头儿才用嘶哑刺耳的声音回答道："请原谅，亲爱的，我走了一会儿神。书店后面正发生着一些事。我们必须时刻警惕——小偷。"

"但是，您怎么知道书店后面发生着什么事呢？"

"我耳朵很灵。一个人眼睛不行了，耳朵就变灵了。请再读一遍。"

戴克斯不能不怀疑他刚听到的话。这老头儿怎么可能听见

后面那么远的地方有事发生呢？更何况，露比和埃米特一句话也没说啊！

"我不是故意无礼，拉什先生，但为什么啊？"黛芙娜又问了一遍，"到现在为止，同样的内容我不知读了多少遍了。这一页看的时间太长了，我眼睛都看花了。您不想让我往下读吗？"

拉什先咕哝了一个发音类似"古绕欧"的词语，然后说："请把这段再读一遍。"拉什的语气让戴克斯想起他的那些老师。

黛芙娜不再抗议，她深吸一口气，开始读起来。拉什没有靠到椅背上，而是仍然向前倾着身子，双手抓着长条书的两侧，好像害怕黛芙娜把书抢走了似的。

这人一定有妄想症，戴克斯心想。他妹妹会偷书？这想法也太可笑了。只要是图书馆的书哪怕过期五分钟她也会吓坏。哪怕那是别人借的，她也一样会吓得要死。

"苏抽，"黛芙娜读道，"依本——拉尼可——埃索斯——那达——"

"你说什么？"拉什打断她的话，好像她刚用斯瓦希里语①或别的什么语言骂了他似的。也许她就是骂他了。戴克斯听不懂黛芙娜刚读的是什么，听上去像胡言乱语一样。

---

① 一种非洲语言，是非洲使用人口最多的语言。——编者注

"什么？"拉什再次质问道，"你说'埃索斯——那达'？是不是，姑娘？"

"噢，对不起。"黛芙娜慌忙回答道，"'埃索斯——那达'，上面写的是'埃索斯——那达'。我刚才读错了。这重要吗？"

拉什极其疲惫地叹了口气。"比你想象的还要重要，亲爱的。"他说，"从头再读一遍。"

"苏抽，"黛芙娜重复着，这次她读得非常认真，"依本——拉尼可——埃索——那达斯——色萨——呃尔。"

戴克斯摇了摇头。他一个字也没听懂，这肯定不是英语。

"我应该往下读第二行吗，拉什先生？"黛芙娜问。

"太好了！太好了！"老头儿哑着嗓子叫道，"你不觉得吗？这些词语具有多么大的潜力啊！现在不必往下读了。"然后，他补充说，"孩子，皇天不负有心人，**永远不要忽略所谓的陈词滥调。**"

"可是……"黛芙娜说。但拉什的话还没有讲完。

"让我给你一个建议吧，"他继续说道，"不要与命运抗争，我亲爱的，你需要的只是等待。"拉什对自己的巧妙措辞很是满意，大笑了很长时间。

"您说的是什么意思？"黛芙娜问，"我不明白。"

"我说的是，姑娘，在无限的时间内，所有的事情都会发生。在将来的某个时间，你和你父亲会来我的书店，但我们不会见面。在另一个时间，你们根本就不会来。在另一个时间，你会给我带来一本书，但那书跟我要找的那本只是看着非常相似而已，我会失望的。所有的这些，将来一定都会发生。

"但是，你看，这一次，黛芙娜，你父亲给我带来了这本书，然后把你也交给了我。假如这就是我认为的那本书，假如我相信运气，我得说昨天是我这长久却不幸的一生中最为幸运的一天了。"

"我——我还是不知道我——"

"不要着急！"拉什说，"不要着急！让我跟你聊会儿。跟我说说你家里的人吧。"

"好的。"黛芙娜松了口气，她终于不必继续谈论这个奇怪的话题了，"您见过我父亲，显然他是个淘书商。以前淘书只是他的业余爱好，但我觉得最近这几乎成了他的职业。我妈妈也是个淘书商，但我很小的时候她就去世了。"

"听到这个我很难过。"拉什说，但戴克斯却没听出他有丝毫的难过。

"不过，我一点儿也不了解她。"黛芙娜继续说，"我父亲很少谈起她。她在土耳其的一次事故中去世了，当时我们刚出生不久。事实上，最早她才是淘书商。我父亲有天去了她的书店。他把她的照片挂得到处都是，我最受不了客厅里的那张。那张占了整个壁炉台。我从来没有邀朋友来过我家，因为我不想让他们看见它。他们会认为我太可笑了。他们的妈妈都年轻漂亮、皮肤光滑——当然，也都活着。"

"你的眼睛跟她的一模一样。"拉什说。

"您——您认识我妈妈？"黛芙娜吃了一惊。

戴克斯也差点儿喊出同一句话。

"早在她跟你父亲结婚之前，我就认识她。"拉什解释说，"你也可以这么说，我是在另一生认识的她。你父亲能够赢得这么非凡的女人，一定是个非常浪漫的人。"

"浪漫的人，"黛芙娜大笑着说，"这太好笑了。"

"跟我说说你哥哥吧。"拉什说，"那个留着刺刺头到处闲逛的家伙。他的眼睛跟你母亲也是一模一样。"

"他是我的双胞胎哥哥，"黛芙娜说，"但我们俩一点儿也不像——这一点我可以向您保证。他叫戴克斯特。"

戴克斯糊涂了。如果这个老头儿看不见东西，怎么会知道他长什么样呢？同理，他怎么会知道黛芙娜长什么样呢？埃米特一定告诉过他。

"也许我应该见见他。"拉什若有所思地说。

"我不知道。"黛芙娜说，"让他踏进书店太难了。他是那种不爱多想的孩子，好像不管生活怎样他都能应付一样——不必学习、不必认真对待任何事情。我觉得他从出生那天起，就没有梳过一次头、没有把衬衣掖进裤子里一次，好像他根本不在乎人们怎么看他。我想帮他，但他就是不听我的。其实，谁的话他也不听。我不知道他这辈子打算干什么，尽管有些事情他真的非常擅长。比如我永远都骗不了他，因为我说过的话他都能记得一字不差。"

"真让人失望。不过我很高兴地看到，你选择了一条更为明智的道路。"

戴克斯不由得怒火中烧。他真想从阁楼边上扔一些重东西下去。他真想大喊：黛芙娜是个书呆子、窝囊废、有史以来最大的势利眼。但他克制住了自己，只因为看到黛芙娜如此坦率地跟一个陌生人交谈，他感到太惊讶了。要知道黛芙娜是个谨慎的人，即便在贬损他这类她经常干的事情上，也从没这样信口开河过。

但他还是气坏了。他刚要返身回梯子，就听见拉什说："喏，这一点儿也不痛。"

"什么？"黛芙娜问，声音里充满了不安，"什么一点儿也不痛？"

拉什大笑着说："我将说点什么，之后你的眼睛可能会发痒，但不会痛的。"

"我的眼睛？"

拉什没有理她，他似乎正在聚精会神地回忆着什么。

"您是说，我的眼睛会发痒吗？"黛芙娜再次问他。

"安静！"拉什命令道，"我正在想东西。"

"但是——"

"安静！"

黛芙娜显然吓坏了，她再也没有说话。

"真该死!"拉什叫道,"在我苦心经营了这么久之后,怎么会忘了那个词呢?我这糊涂的记性,真该死!但没有关系,"听他的语气,拉什现在好像正在自言自语。"我需要查查我的册子——当然,让那个无用的傻瓜去查可能得花上一晚上。我应该把你留在这儿吗?可这有什么意义呢?要不等明天再说?"

接着他大笑一声,然后喊出一个发音类似"卡利斯"的词。沉默了一会儿之后,他倾身向前,说:"黛芙娜,亲爱的,认真听我说……"

"什么?"黛芙娜非常温顺地问。

"谢谢你给我读了这本关于鸟类的书。你明天上午回来,我们接着把它读完。之后,我们将马上离开这里。就像你热切期盼的那样,你将成为我的新助手。如果一切顺利,我们将立即开始学习'第一舌头'。"

"噢,谢谢您,拉什先生!"黛芙娜热情地回答道。

戴克斯惊得目瞪口呆。难道黛芙娜没明白,拉什说他们将马上离开这里吗?她以为她在做什么啊?戴克斯再也看不下去了。他跪起来,快速爬过阁楼,恼怒得根本顾不上担心自己的安全。地板在他身下呻吟,但没有断裂,很快他便回到梯子旁。他爬上梯子时,梯子几乎没有晃动。

戴克斯爬上屋顶,然后匆忙下到地面。接着他绕过仓库,迅速返回对面的小巷。

但他没有走开，而是站在那里，试图厘清他目睹的那一切。

十分钟后，黛芙娜终于从 ABC 书店出来了，她朝着阴沉的天空木讷地眨了眨眼睛。

第七章

魔力咒语

7

　　黛芙娜环顾四周。不知怎的，她竟然不知道自己在哪里，也不知道自己做过了什么。这种感觉太吓人了。

　　她站在那里，好像一觉醒来却来到了别的地方一样，那副困惑不解的神情可笑极了。戴克斯很高兴自己刚才没有离开。他突然心血来潮，决定搞清楚黛芙娜到底要做什么。他总是怀疑她那副乖乖女的形象是个幌子，或者说，至少他希望如此。现在看来，也许结果就是这样。更何况，他刚才的侦察活动也让他的情绪前所未有地高涨起来了。

　　"嘿！"他一边喊，一边拍打着沾满全身的灰尘。

　　黛芙娜看见哥哥后，犹犹豫豫地穿过街道。兄妹俩走过半个街区，来到"乡村咖啡馆"，在一张支着绿色帐篷的桌子旁坐了下来。

　　虽然仍是一脸困惑，但她终于看了哥哥一眼。"你浑身都是土。"她说。

　　戴克斯再次拍了拍灰尘，问她："这么说，你见到那个叫拉什的家伙了，嗯？"

黛芙娜眯起眼睛看着戴克斯，那神情让戴克斯觉得，她好像认为他在胡说八道似的。过了一会儿，她才反应过来。"噢，拉什先生！他还好。我觉得我刚才在犯傻。"

"嗯，有意思。"戴克斯因期待而兴奋起来，看来黛芙娜要对他撒谎了，"这么说，你们俩只是待在一起聊了会儿天。他是个和蔼的老头儿吗？"

"嗯，对，我猜是的。"

"你们聊了点儿什么？"戏弄妹妹真有意思，这个机会太难得了。

"我们没聊太多——我觉得。我去了他的小办公室，给他读了点儿东西———本书——一本关于鸟类的书。"

"关于鸟类的书，嗯？"

"嗯，关于鸟类的书。我猜他大概是个鸟类爱好者。我明天过去给他把书读完。"

尽管戴克斯很想继续戏弄妹妹，但他突然失去了耐心。"你以为我多愚蠢啊，黛芙娜？我早就知道你是个骗子。"

"你什么意思？骗子？谁说你愚蠢了？但这不重要，你现在真是太愚蠢了！"

戴克斯努力让自己平静下来。黛芙娜当然不会知道他已经把她看透了。"好吧，那你告诉我，"他说，"你们谈论我了吗？"

"噢，当然啦，我们所有的时间都在谈论你。我是说，你知道，整个世界都围着戴克斯特·瓦克斯转呢。"但不管她说得有多刻薄，她心里并不踏实。

　　"那么，"戴克斯品味着占据上风的感觉，继续说，"你们没有抽时间说说爸爸妈妈吗？"

　　"什么？就好像我会把我的人生故事告诉一个陌生人一样。你知道，我不傻！"黛芙娜气得浑身发热。哥哥显然正在想方设法奚落她。戴克斯经常拿她去康疗院看望老人的事取笑她。

　　兄妹俩都恼火地扭过脸去不看对方。他们的目光正好都投向了 ABC 书店那里。埃米特戴着墨镜刚从书店出来，天知道他要去干什么卑鄙的勾当。

　　"我只是不明白你为什么想让一个老头子带你离开这里。"戴克斯说，"如果你想离家出走，那就出走好了。"

　　"我根本不知道你在说什么，戴克斯特。"黛芙娜反击道，"你在开玩笑吗？"她站起身，"我不知道我为什么要跟你废话，但我有个小小的建议：如果你能学点儿基本的社交技能，也许人们会跟你说话。"

　　"你是说，就像她们跟你说话那样？"

　　"是的！"

　　"黛芙娜，"戴克斯惊讶极了，有句话他早就想说了，看来现在正是时候，尤其是她跟拉什说了他的坏话之后。"你是说，"

他讥笑着说，"你不知道她们在学校跟你说话，只是为了让你给她们做作业？"

"你是个超级大骗子，戴克斯特·瓦克斯！"黛芙娜哀号着说，"雷恩和蒂尔——"

"我上周在公园里看见她们俩了。"戴克斯大笑着说。这是个十足的谎言，但他再也不想听妹妹说那两个人的名字了，哪怕让他再听一次，他也会疯掉的。

"你骗人。"黛芙娜咕哝着说，声音哽咽了。

戴克斯知道自己赢了。他看着妹妹，冷冷地说："黛芙娜，你非常清楚，你读的不是关于鸟类的书。你坐在那个老家伙的对面，他让你把那本又长又薄的书里的一些莫名其妙的话读了一遍又一遍。你读书的时候他往前倾着身子，抓着书，好像怕你把书吃了似的。"

黛芙娜的一张脸全皱了起来。她脑子里一片混乱。戴克斯为什么说这些事情？这些话为什么让她感到这么头晕？

"他还说了一些古怪的词，"戴克斯补充说。然后，他双手夸张地一挥，用魔术师一样激昂的语调说，"古绕——欧！"

"没错！"黛芙娜大惊失色，摇摇晃晃地站了起来，当时的情景突然涌回她的脑海，"没错！"她又说了一遍，然后瘫坐到椅子上，哭了起来，"我——我害怕极了！"她结结巴巴地说，"戴克斯！你怎么——怎么知道这个的？"

戴克斯仔细打量着妹妹。黛芙娜呼吸急促、神情慌乱，看来她真的吓坏了。他不得不承认，她没有演戏。

于是他告诉她，为了查看书店的情况，他发现了仓库屋顶上的那扇活板门。从活板门下去，便是一个悬在半个仓库上面的阁楼。他是从阁楼上看到这一切的。

黛芙娜一边听，一边止不住地发抖，她坐在拉什小办公室时拼命抑制下去的恐惧现在终于涌上来了，这恐惧比她和父亲透过帘子看见拉什身影时所感到的还要强烈。她不明白她怎么就全忘了。

"我再也不会去他那里了！"黛芙娜发誓说，"他为什么让我一直读那个……那个……什么来着，戴克斯？"

"我不知道。"戴克斯说，"根本听不懂。他说你将成为他的新助手。"

"他想让我跟他离开这里！"黛芙娜哀叫道，"他是谁？他为什么要带我走？"

戴克斯不喜欢妹妹脸上那一闪而过的神情，好像她正在琢磨她有什么显著的优点让她如此招人绑架似的。

"他说你们要立即学习'第一舌头'什么的，"戴克斯把不快抛到一边，"这是什么意思啊？"

黛芙娜仔细回想着"第一舌头"这个词语。

"嗯，"她说，"'舌头'自然也可以指'语言'。我今年就做过法语和西班牙语的辅导老师。这个是不是'原初语'啊？"

"我哪里知道？"戴克斯被妹妹那种无所不知的语气惹恼

了。但接着，他开玩笑说，"我有次看电视，看见一个家伙给自己的小狗催眠，他不断地重复着一个可笑的词，让狗以为自己是只鸭子，那条狗真的'嘎嘎——'叫了起来。"

"对啊！"黛芙娜喊道，"应该跟这个类似！等等，如果拉什认为那是一种咒语，他当然感兴趣了！整个书店全是魔法书！"黛芙娜把脚抬起来，踏在椅子边上，用胳膊抱住膝盖。她突然感到浑身发冷。

"这可能吗？"黛芙娜问，"他把我吓坏了，戴克斯。他说话的时候，我脑子里全是他的声音，感觉恍恍惚惚的。当时一定发生着什么可怕的事。我觉得我永远不会想起来的，如果你没有——"

"没有告诉你发生了什么事。"

黛芙娜跳下椅子。"等一下！昨天他让爸爸把那本书白白给了他。他说话的时候只是动动嘴，没有出声，特别诡异，但他肯定也把爸爸催眠了！晚饭时，我告诉爸爸他把那本书白白给了拉什，他似乎才想起来！但我告诉他的还不够多！"

"爸爸已经卷进去了。"戴克斯忽然意识到了这一点。

"你凭什么这么说？"黛芙娜问。

戴克斯于是把他发现爸爸半夜咕哝"搞砸"了什么，以及他不是"坏人"的事情告诉了黛芙娜。

"好吧。"黛芙娜说，重新坐回到椅子上，"也许那是因为他并不想把那本看上去很值钱的书白白给了那个神经病的缘

067

故。他的确把谈判搞砸了，但那是因为拉什左右了他的心思！他说他不是坏人，也许那是因为他在为上次外出的时间太长了而感到内疚。谁知道呢？我们应该找到爸爸，告诉他到底发生了什么。"

"拉什说的不止这一个词，"戴克斯想了起来，他越来越觉得拉什像个催眠师了，"他还说了一个'卡利斯'。"

"这太疯狂了，"黛芙娜说，"不过不管怎样，我觉得从他那里出来了很幸运。"然后，她低头看着桌面说，"我跟拉什说了一些有关你的话，对不起。但是，如果你把我说的话当成建议来听听，你——"

戴克斯毫无表情地看着妹妹，这就是黛芙娜的经典"道歉"之一，根本不值得他做出任何回应。

"总之，"黛芙娜说，"我要回家等爸爸回来。嘿！也许那本书就是那样的！里面全是看上去古怪的字！也许它们就是用来催眠的！"

"他想用你的眼睛干什么？"戴克斯问，他现在还在怀疑这种事情的真假。

"不知道。"黛芙娜说，"但他说，他需要查查埃米特总是放在入口处的那本册子。反正，"她现在又有些发抖了，"我不在乎。只要我还活着，我就再也不会去那里，再也不会接近那两个可怕的人了。"

"你知道，"戴克斯说，"那个让狗开始嘎嘎叫的家伙——

第七章 ✦ 魔力咒语

他得重复一遍那个词，才能让狗停下来。"

"对呀！也许那些词也能让爸爸清醒过来！都是什么词来着？"

"'古绕欧'和'卡利斯'。"

"'古绕欧'和'卡利斯'，'古绕欧'和'卡利斯'。"黛芙娜重复道。然后，她盯着戴克斯说，"你是只鸭子。"

"什么？噢，嘎嘎。"戴克斯笑着说

"值得一试。"黛芙娜也笑了。但接着，她又严肃起来，"也许我们没把那些词说对，但的确值得一试。"她站起身，"我们应该回家等爸爸回来，拉蒂可能已经歇斯底里了。"

"你回去吧，"戴克斯说，"我想在外面待一会儿，好好想一想。"

"噢，那好吧。"黛芙娜说。戴克斯太不关心爸爸了，她真想揍他一顿。但事实上，没他帮忙也许更好。

"'古绕欧'和'卡利斯'……"黛芙娜嘀咕着向家中走去。

戴克斯根本没有打算好好想一想。他需要立即行动起来。他站起身，在确保埃米特不在附近后，迅速穿过街道，回到仓库后面。

黛芙娜这次让他想到了一个好主意。假如这一切都是真的，假如那个电视节目没有造假，假如他妹妹没有发疯，那么世界上就真的存在催眠咒语。尽管这些与他的认知不符，与他对书本以及和书本有关的一切的无限厌恶不符，他依然想得到那些咒语。露比可以教他。露比有语言天赋，尽管他的法语成绩并没有因为她的辅导而提高多少。**哪怕只学会一个词，只要那个词有用，戴克斯心想，那我的生活从此将永远改变。**

　　戴克斯爬上屋顶，顺利返回到阁楼。当他穿过厚厚的灰尘，朝拉什的小办公室方向爬去时，他忽然意识到这是他近来感觉最有趣的一天了，尽管今天的事跟妹妹有关。

　　很快，他就爬到了那里。拉什就在他的正下方，坐在桌旁。

　　"你要冷静，阿斯忒里俄斯。"拉什一边轻轻翻着那本书，一边告诫自己。他的声音几近歇斯底里。"你不能想当然。这次不能鲁莽！埃米特，你这个傻瓜！哪有时间让你去搜寻猎物？荒唐！把我的册子拿过来！我这该死的记性！"拉什继续摩挲着那本书，但没过多久，他又吼叫道，"这是真的吗？不要鲁莽，阿斯忒里俄斯！尤其在你等了这么久之后！"然后，他喃喃自语地低下头，右眼眶几乎贴在了书上。

　　看到这一幕，戴克斯失去了信心。显然，拉什不会随随便便把书往桌上一丢就离开的。不管他觉得自己多么勇敢，与这个老头儿正面交锋都是不明智的。更何况，万一这老头儿是个催眠师呢？好在他并非一无所获，除了书还有一本册子，听上去像是一个不错的安慰奖。

　　戴克斯从书店后面爬下来，他脚刚落地，便听见有人低声呵斥说："戴克斯特！你以为你在干什么啊？"是黛芙娜。她差点儿把他吓死。

"我想看看能不能帮爸爸把那本书拿回来，"戴克斯说，"但那个老家伙好像刚跟书亲热到一半。"

"你不知道他是怎样对待我的吗？你怎么还去他那里啊？"黛芙娜责问他说，"我们不是已经猜出是怎么回事了吗？你怎么还去冒险？你是白痴吗？"黛芙娜的本意并不是要责备戴克斯，但她看得出来，她把他惹恼了。

戴克斯冷冷地瞪了她一眼，绕过她，走上台阶。

"戴克斯！"黛芙娜抓住他的胳膊，"对不起，但你也太鲁莽了！"

戴克斯用鼻子哼了一声。

"我只是吓坏了，行了吧？"黛芙娜喊道，"我回来是因为我把那两个词弄混了，我知道你一定记得。结果我看见你回到了这里，我吓了个半死。"

"那是你的问题。"戴克斯咬着牙说，"闪开！"他挣脱开黛芙娜，接着说，"在那个白脸怪物回来之前，我要看看那本册子是不是还在入口处。"

"戴克斯特！"戴克斯跳上台阶时，黛芙娜喊道，"如果你去那里，我就——我就去叫拉蒂，我发誓！"但戴克斯知道她不会那样做的，他甚至没有回头看她一眼。

黛芙娜气冲冲地走了。她可不想待在这里看着戴克斯去送死。

第八章

和埃米特的交易

戴克斯在拐角处迅速瞥了一眼，书店前面没人。他侧身慢慢靠近书店入口处，里面也没人。

戴克斯一个箭步冲了进去。

桌子上放着一本硕大的硬皮公务笔记本模样的旧册子。这应该就是那本册子，戴克斯心想。册子周围散落着几本普通大小的图书。书和册子都是打开的。偷走这本册子应该不费吹灰之力。戴克斯觉得自己如同妙手神偷一般，绕到桌子后面拿起册子。但是这本册子比看上去重多了，从他手里滑下来，先是砸在椅子边上，然后掉到了桌子下面。戴克斯蹲下去捡册子时，不由自主地笑了，这大概是第一本他无意间弄掉的古书了。

戴克斯蹲下身，把册子从桌子下面拨回来。然而，他刚要起身就听见开门的声音。"等等，埃米特！"黛芙娜喊道。

惊慌失措的戴克斯把册子推回桌上，然后缩回桌子下面躲了起来。"等一下嘛。"他妹妹央求着。显然，黛芙娜和埃米特

进来了。"从我来这儿的第一天起，我就特想跟你聊一聊。"黛芙娜说。

埃米特结结巴巴地回答道："啊，嗯，我……我得回去工作了，否则老爷子会……"

"我们就吃一份比萨，"黛芙娜提议说，"我请客。"

长时间的沉默。

桌子下面的戴克斯开始冒汗。

"没别的，我只是觉得你挺招人喜欢的。"

又是一阵该死的沉默。

终于，黛芙娜说："求你了，埃米特？"戴克斯从没听过妹妹这样说话。她的语气有点儿羞怯，但又透露着一种自信。这让他很不舒服。

"我在外面等你。"黛芙娜说。接着便是房门打开、关上的声音。黛芙娜走了。

屋子里一片死寂，只有埃米特越来越急促的呼吸声。时间仿佛停滞了。但接着，再次传来了房门打开又关上的声音。戴克斯松了一口气。

戴克斯等了好一会儿才站起来，拿回册子。然而很快他便听到有人拖着脚步从对面书架走过来的声音。戴克斯愣住了。透过一排高低不平的图书，他看到一双瘦骨嶙峋的、隐藏在褐色长袍下的腿。戴克斯紧紧地抓住册子，钻回到桌子下面。

"我真的特别喜欢古书。"黛芙娜又说了一遍,"古书那么……独特……和……不同……"她结巴起来,这是她第八次变着法儿说同一件事了,可除此之外她还能说什么呢?在去比萨店的路上,埃米特一句话也没说,他甚至没看她一眼。当然,她觉得这样更好。就算埃米特戴着墨镜,黛芙娜也不敢看他的眼睛。

现在,他们坐在一个小隔间里,埃米特一直在看着自己的膝盖。黛芙娜确信戴克斯已经安全地离开书店了,但她却困在这里不知如何脱身。如果哥哥安然无恙,那她见到他的第一件事就是杀了他。

埃米特一直低着头,但他终于开口说话了:"我从没想到会有个女孩儿对我好。"很快,他又接着说,"以前有很多女孩儿,也有很多男孩儿,都对我挺好。可老爷子说,那就是个梦。"他没再说下去,似乎陷入了沉思之中。

显然,这个大块头男孩儿的心被她搅乱了,她轻而易举便做到了这一点。黛芙娜从没想到她也具备这种特别的交际才能,就像学校里那些潮女们在需要帮忙时向男孩儿抛个媚眼一样,她这招也奏效了。她在情急之下才想到的这一招,不过是毫无新意地用羞答答的声音说句"求你了",然后忽闪几下眼睛而已。这竟然像魔咒一样奏效了!她觉得埃米特现在几乎不会伤害她了。

既然已经和埃米特坐在了一起，也许她可以趁机打听出一些有用的信息。"埃米特，"她柔声问，"出了什么事？拉什想要做什么？"

"当然是那些咒语了。"埃米特只说了这一句。

"我爸爸给拉什的那本书，"黛芙娜追问道，"你知道是什么书吗？"

"可能是拉什一直在找的一本书。"埃米特淡淡地说，"他以为那本书被毁掉了。不过，他还不能确定。昨晚他不让我睡觉，想让我给他读那本书，但我……我的眼睛，再也不能读书了。"然后，又突然补了一句，"我能说的就这些。"

黛芙娜伸出手，把手放在了埃米特的手上。埃米特抬起头——但没有看她，而是看着她的手。

"埃米特，"黛芙娜轻声问，"拉什要解雇你吗？"

这句话起了作用。埃米特迅速扫了她一眼，然后强迫自己垂下目光。"你是什么意思？"他质问道，"他跟你说什么了？"

"他问我愿不愿意做他的新助手。"黛芙娜说。

埃米特咬紧牙关，脸色似乎更加苍白了。

"但我不会做他的助手的。"黛芙娜意识到自己击中了要害，慌忙补充说，"我跟他说了我不愿意——这样吧，咱俩做个交易。如果你把你知道的告诉我，我就把我知道的都告诉你。"

秘密阁楼

"他说什么了？"

"你先说。"黛芙娜坚持说。然后，她不等埃米特表示反对，问道："我父亲跟拉什有什么牵连吗？"

"是你们跟他有牵连。"埃米特说，黛芙娜吃了一惊。"是你和你母亲跟他有牵连。"埃米特补充说，黛芙娜更加吃惊了。

"我母亲？"

"他什么也没有告诉我，"埃米特解释说，"但当我还是个孩子时，有一次，我读一份报纸给他听。他那时就已经瞎了，所以收养了我，好让我帮他。我知道我不是他收养的第一个孩子，因为有时候他把我叫成别人。他虽然固执，却是个能容忍我的好人。他马上就会让我做那件事了。"

"是的。"黛芙娜说，她希望自己的语气听上去充满鼓舞，而不是冷冰冰的。她轻轻捏了捏埃米特的手，这个动作让埃米特说了下去。

"当时，我在为他读一则新闻，一名女书商死在了土耳其的山洞里，"埃米特说，"拉什疯了似的大笑起来。但是，当我读到那个女书商是一个母亲时，他突然暴跳如雷，大叫：'她已经找到它了！她已经找到它了！'然后，他哭了。"

"哭了？"

"我问他为什么哭，他说，如果那个女人结了婚有了孩子，那她一定找到并毁掉那本书了。我猜那是他们俩都在寻找的一本非常特殊的书。但后来，等他平静下来后，他说，并非一切

都完了，我们需要找到那个女人的孩子。因为那个女人之前住在以色列，最初我们准备搬到那里去。但他后来发现你们搬到了波特兰，于是我们立刻搬到这里来了。

"那已经是十三年以前的事了。"黛芙娜倒抽了一口凉气，"你们一直都在这里吗？"

埃米特点了点头。"在仓库里。只是我们并不开门营业。我们一直在工作、在等待。"

"等什么？等一下，埃米特，你是说，十三年来你一直在仓库为拉什读书吗？你从来没有出来过吗？"

"夜里我偶尔出来。"埃米特坦承地说，"我经常去你们家，确保你们没有搬走。但今年他允许我打猎了。他答应我好长时间了。"

一想到埃米特一直在监视他们，一股强烈的厌恶之情涌上黛芙娜的心头。她不想追问"打猎"是怎么回事了。

"你们，"她问，"你们在等什么呢？"

"等你们长到十三岁。"埃米特说。

"为什么？这跟十三岁有什么关系？"

"不知道。我们本来打算今天抓住你，但这是以前的计划。后来你父亲给他拿来那本书，那可能正是他要找的那本书。也许你母亲并没有毁掉它。但既然他今天放你走了，我猜那一定就是那本书了。好了，现在该你说了。"

黛芙娜几乎忘了她和埃米特之间的交易，今天的信息量太大了，她的脑袋已经乱成了一团。妈妈生前也在寻找这本书吗？

"拉什懂催眠术，"她说，"他用的是一种催眠的咒语，但你不会记得被催眠过，除非有人告诉你到底发生了什么。"

埃米特面无表情地坐在那里，似乎需要慢慢消化这些信息。但接着，他冲着自己的膝盖说："他不会给我催眠的。我知道他对别人做的事。他知道一些特殊的词语，我们搜集这些词语，但他不会对我催眠。在我十三岁时，他还试着教我，但是我学不会，我太笨了。他一直对我挺好的。"埃米特迟疑了一会儿，脸上闪过一种让人厌恶的笑容，"既然现在他拿到了那本书，"他肯定地说，"我知道他会让我做那件事的！我原以为那个人就是你，但也许就是你。"

"他会让你做什么事？"

"杀人。"

整个谈话中，黛芙娜的手一直放在埃米特的手上。听到这句话，她不由得猛地抽回了手，就像是被火烫着了似的，好在她及时用手掩着嘴，假装咳嗽了一声。然后，她借口要去洗手间，从比萨店的后门溜了出来，拼命向家的方向跑去。

那双拖鞋走得虽然慢，却一步步逼近入口处。戴克斯一阵

懊恼，他刚才怎么没冲出书店呢？他从桌面上偷偷望去，希望自己距门口的距离只有一步之遥，但眼前的景象让他惊呆了。

露比！露比就在那里！显然，她刚从对面的过道里出来，现在正直直地盯着他的眼睛。戴克斯愣住了。他呆呆地看着露比那一头耀眼的白发和满脸的皱纹，却没有办法让自己从她眼前消失。

然而，令他惊讶的是，露比把食指竖在唇边，并示意他蹲下去。戴克斯刚刚缩回桌子下面，拉什便出现在入口处。

"耐心点儿，耐心点儿，老家伙。"拉什劝慰自己说。他走近桌子，在桌面上摸索起来。

"埃米特！"发现桌上没有他要找的东西后，拉什大声喊道，"我的册子在哪儿？"听不到回答，他便用那根破裂的拐杖用力地敲打了几下桌子，正好敲在戴克斯头顶上的桌面上。

"打扰您一下，先生！"一个女人的声音说。是露比。她也在这里，戴克斯差点儿把她忘了。

拖鞋停下，转身。"要我帮忙吗？"拉什没好气地问。

"是的，太谢谢您了。我能麻烦您一小会儿吗？我好像找不到有关阿根廷刀战的咒语放在什么地方了。您能带我过去吗？噢，天啊，您看不见！真是太抱歉了。"

"你是谁？"拉什质问道，"我认得你的声音。"

"这就奇怪了。"露比说，"不过我的确来过很多次了。我来得不是时候吗？"

"当然没有。"拉什回答道,"我对这个地方很熟悉,如果你愿意,请跟我来。我那个没用的助手随时可能回来,我正在等他,我有些急事。"

"噢,我完全理解。如今找个好帮手太难了。很抱歉麻烦您。"

然后,长袍拖着脚步走远了。两个老人消失在书店深处。

这一次戴克斯没有丝毫迟疑,他立刻向外奔去。他担心会在门口撞见黛芙娜和埃米特,所幸他们没有在那里。他迅速穿过街道,返回小巷。

他成功了!

但成功的喜悦是短暂的,一种熟悉而强烈的情感随即涌上他的心头。他真以为自己能看懂这本册子吗?这不是开玩笑吗!露比可能以为他疯了,以为他是个发了疯的小偷。另外,既然他已经告诉黛芙娜他来这儿做什么了,那她一定也想看这本册子,尤其在她帮他引开埃米特之后。事实上,她可能就是因为意识到册子可能有用才帮他的。是的,她一定会要求看这本册子的。戴克斯忽然明白,在他付出这么多辛苦之后,这是他最不愿看到的结果了。

一辆大型车辆的噪声引起了戴克斯的注意。他看见一辆垃圾车在小巷的正前方靠边停了下来。戴克斯本能地朝着垃圾车走过去,甚至没有再看上一眼手中的大册子,便径直把它扔进垃圾车里。眼见册子被一大堆垃圾吞没,他低落的情绪再次高

涨起来。

接着，他看见了黛芙娜。黛芙娜正蹑手蹑脚地靠近书店，想偷偷看一眼里面的情况。戴克斯叹了口气，他把头探出巷口，吹了声口哨。看到戴克斯，她的表情先是宽慰，继而便是愤怒。她气冲冲地穿过街道。

"戴克斯特！"她咆哮着说，"你怎么这么不负责任！你在那儿可能会发生任何意外！我为了你不得不把埃米特引开！他是个疯子！他想杀人，戴克斯特，他真的想杀人！要是他伤害了我怎么办！要是拉什逮住了你怎么办！要是——"话没说完，她突然想起了埃米特告诉她的事，怒火立刻熄灭了。

"戴克斯，"尽管仍然有些气喘，但她冷静地说，"跟这一切有牵连的不是爸爸，而是妈妈。"

戴克斯本想等妹妹停止咆哮后再进行还击，不料却被这个消息打了个措手不及。

于是，黛芙娜把她从埃米特那里得到的消息简要告诉了戴克斯。

"这么说，"戴克斯听完后，说，"拉什认为，如果妈妈已经结婚生子，她就一定找到并销毁了那本书？可这两件事有什么关联呢？难道妈妈生前每时每刻都在找那本书？"

"也许吧。"黛芙娜说，"也许我猜对了，那本书里全是催眠他人的咒语。也许妈妈认为那是一本邪恶的书。但我觉得拉什知道很多那样的咒语。埃米特告诉我，他们收集那些咒语。

我觉得册子上写的就是那些咒语，戴克斯。事实上，我觉得他们开那个书店就是为了买下各种各样的魔法书，然后收集那些咒语！你说过，拉什需要查查那本册子，好确认一下爸爸给他的那本书是不是他要找的那本，对吧？你拿到那本册子了吗？你把它藏起来了还是怎么着了？"

"我把它扔了。"戴克斯说，"那个破东西已经被运到市垃圾场了。"

黛芙娜一时不知作何反应。如果拉什确实需要那本册子，她很高兴他们把册子偷走了——但为什么这么快就把它扔了呢？既然他们的妈妈牵涉其中，她就一定要把这件事弄个水落石出。"那你至少看了一眼吧？"她问。

"里面就是一堆鸡爪印，"戴克斯撒谎说，"根本认不出来。"

"可是，戴克斯特，"黛芙娜抗议道，"我对辨认潦草的字迹很在行啊。现在我们没办法知道上面写的到底是什么了。"

"那你告我去！"戴克斯咆哮起来。当然，是他做错了，他总是做错事。即使妈妈牵涉其中，那又怎样？他受够了。"我不明白你在担心什么。"他补充道，"如果你再跟那个穴居人调调情，我敢肯定，他会把你想知道的都告诉你的。"

"什么？我是为了你才那么做的！我可能会丧命的！"

"是我让你那么做的吗？"戴克斯反驳说。但他知道自己在犯浑。但那又怎样？他真想把妹妹推到一边，但他克制住了这令人难以置信的冲动，转身走开了。

第八章 ❖ 和埃米特的交易

黛芙娜的脸气青了。她不明白哥哥为什么突然会变成这样一个不折不扣的疯子，前一分钟看着很正常甚至还很友好，下一分钟就发疯，扔掉册子这种没脑子的事他也能做得出来。

黛芙娜站在那里，无奈地摇了摇头。

但接着，她想起了父亲。

第九章

他人之眼

9

　　戴克斯和黛芙娜分别向家中走去。戴克斯受够了那些胡言乱语。从后门进屋时,兄妹俩相互瞪了一眼。不过,当他们看到餐桌上的三明治时,两人都高兴起来,但拉蒂那几近发疯的神情却不那么令人高兴了。

　　"听我说,"黛芙娜尽力不让拉蒂抱怨他们,"对不起,真的,但今天的确发生了很多疯狂的事。"说完这句,黛芙娜忽然意识到,也许拉蒂能对那些疯狂的事做些解释,"我妈妈一直在寻找一本很特殊的书吗?"黛芙娜问,"就是她想毁掉的一本书,嗯,也许是一本关于催眠术的书?您说过,您知道拉什先生,对吧?他有没有可能也在寻找那本书?"

　　拉蒂大惊失色。"你们……你们今天上午去见那个卑鄙的家伙了?我告诉过你们,"她结结巴巴地说,兄妹俩从没见她如此失控过,"我说过不许你们去!"

　　"但是爸爸……"

　　"我再也受不了你们了!"拉蒂哀号着说,"你们……你们

第九章 ✤ 他人之眼

两个……都不准出门！直到开学！如果有需要，我会待在家里分秒不离地看着你们！你们听见了没有？我要怎么说，你们俩才能明白我有多担心啊？"

"但是爸爸打电话说——"黛芙娜还想申辩。

"我不想听！"拉蒂呵斥说。

"你不能不让我们出门！"戴克斯咆哮道，"你不是我们的妈妈！"

兄妹俩以前从未说过这样的话。黛芙娜尽管感到震惊，但并不觉得抱歉。

看来拉蒂受到了致命的打击。她似乎不知道该说什么才好。不过这不重要了，因为就在这时，米尔顿·瓦克斯从后门跌跌撞撞走了进来。他一脸憔悴，两眼茫然，看上去糟透了。戴克斯和黛芙娜相互看了一眼，立刻把拉蒂不准他们出门的事忘掉了。

"你病了！"拉蒂叫着，冲过去扶住米尔顿。然后她给米尔顿脑门上敷上冰袋，把他安顿在餐桌旁。

"没有，没有。"米尔顿自顾自地咕哝道，"只是呼吸困难，漫长的一上午……我一直在想事。"

虽然今天发生了很多事，但戴克斯和黛芙娜的脑子里都闪过了一个念头：爸爸有可能去为他们准备生日礼物了。但他进来时什么也没拿，坐下后连招呼也没跟他们打。

"我不知道中了什么邪，"米尔顿终于承认道，"我今天又顺路去了那家书店。我觉得昨天带去那本书后，中间可能有点儿误会。"

"是的！"黛芙娜鼓励说，"他，他骗您把书白给了他……"

"拉什先生的状态很可怕，"米尔顿困惑地看了黛芙娜一眼，"他挥着那根破拐杖，像个疯子似的。"

"怎么回事？"兄妹俩问，两人都屏住了呼吸。

"丢了，"米尔顿说，但眼睛却望着兄妹俩之间或上方的某个地方，"他丢了一本珍贵的册子，那显然是一本独一无二的册子。他正让那个大男孩儿四处翻找。"

戴克斯和黛芙娜交换了一个不安但兴奋的眼神。

米尔顿继续说："拉什先生现在平静了一些。他让我给他找一本稀有的书，他以前有过一本，但后来卖掉了，他很后悔。我告诉他，我好像记得谁有那本书——其实，那个人就是老伯尼·夸里奇。"

"您没有告诉他是谁有那本书，对吧？"黛芙娜问。

"当然没有。"米尔顿说。

"爸爸，昨天，"黛芙娜说，"您跟拉什先生见面时——"

"拉什先生说，如果我能尽快给他找到那本书，他会考虑跟我重新商议我的那本书。"米尔顿说，"我要马上去——"

"你不能去，米尔顿·亚当·瓦克斯先生！"拉蒂命令道，"你必须立即上床休息，待在床上直到身体好点儿了再说。"

"爸爸！"黛芙娜还想再试一次，"他把您催眠了！他知道

第九章 ❧ 他人之眼

一些能够——”

“黛芙娜！”拉蒂扶着米尔顿离开厨房，斥责道，“别荒唐了！”

米尔顿像个生病的孩子似的听从着拉蒂的指挥，对女儿的提醒没有做出任何明显的反应。

看到这一切，戴克斯感到一阵反感。

黛芙娜则意识到父亲越来越老了。

“爸爸！”趁父亲还没有走出厨房，戴克斯喊道，“那本书叫什么？拉什让您找的那本？”

米尔顿再次露出困惑的神情。“一本拉丁语书。”他吃力地说。

“什么名字？”兄妹俩同时问。

“我说过是一本拉丁语书，是吗？也许我明天就找去。”

“但书名叫什么呀？”

“*Videre Por Alterum*。”

“那是什么意思？”

米尔顿的脸色变得更加苍白了，他双膝一软，抓住拉蒂。

“够了！”拉蒂喊道，“你们这两个狠心的东西，难道看不出来你父亲不舒服吗？我们必须去医院，米尔顿。”她转过身，扶着他向门口走去。

“等等！”他们就要走出门口时，黛芙娜喊道，“格利斯！”

戴克斯摇了摇头。“是‘卡利斯’！”接着他又喊道，“古

091

绕欧！"

米尔顿毫无反应。

但拉蒂显然被惹恼了。"你们俩怎么回事？"她质问道，"现在是胡说八道的时候吗？你们给我听着，绝对不许离开这个房子！我们马上回来！"她把米尔顿扶出去，帮他上了车，然后开车走了。

他们走后，黛芙娜转向戴克斯说："我们现在怎么办？我告诉他了，但他没想起来。我敢说这是因为他今天又见过拉什的缘故！"

"你听见他说拉什有多生气了吧？"戴克斯笑着说。

黛芙娜也笑了，但紧接着她说："戴克斯，我们必须帮助爸爸。只是我们不知道拉什对他做了什么。"她想了一会儿，接着说，"如果我们有那本册子，也许还能从里面找到什么咒语来帮他，但册子没了，所以我们必须弄清楚这本新书——这本拉丁语书是干什么用的。册子和这本书之间一定有关系。"

"黛芙娜，很抱歉我把册子扔了。"戴克斯说，"跟以往一样，我又错了，行了吧？"

"戴克斯，我不是——"

"反正爸爸暂时哪儿也去不了。他们回来后，拉蒂可能都不让他出门了。如果有必要，她能在门口守上一个星期。"

"要是那样就好了，"黛芙娜说，"但她有可能把我们和爸爸都关在家里。我希望她只是多虑了，但她这次完全失控了。

第九章 他人之眼

她不准我们出门了，戴克斯！我们出不去了——你觉得没事，是吗？我是说爸爸。"

"是的。"戴克斯自信地说，"你知道我们生病时拉蒂急成了什么样子。她不可能禁止我们出门，我们不会被禁足的。"

"没错。"黛芙娜感觉安心多了，"回头我们劝劝她。也许她听到拉什这个名字后就总是想起妈妈。你知道，每次她想起妈妈来，保护欲就特别强。"

"不管怎样，"戴克斯说，"她需要克服这个问题，都十三年了。"

"嘿，"黛芙娜说，"要是爸爸不是唯一一个为拉什寻找那本拉丁语书的人怎么办？我猜那本书里有一个他急需的咒语。爸爸说拉什以前拥有过那本书，埃米特一定把那个咒语抄在册子上了。可能拉什后来觉得他再也不需要那本书了，就把那本书卖了。"

"这就意味着，我们必须确保他不会拿到那本书。"不知怎的，戴克斯依然关心着这件事。现在，他不得不承认他心甘情愿这样做。

不用孤身作战让黛芙娜感到很高兴，尽管哥哥的"帮忙"也许意味着越帮越忙。

"嘿！"黛芙娜又说，"也许我们能在网上找到电子版！网上有很多做珍稀图书生意的。快来看看。"黛芙娜走进书房，仅用了几秒便从收藏夹中调出一个网址，"那本拉丁语书叫什

093

么名来着？"

"*Videre Per Alterum*。"

"你能帮我输进去吗？"

"我是你的奴隶啊？"戴克斯没好气地说，"你是残废了还是怎么啦？"

"不是，戴克斯特！我只是不知道怎么写。"

"我会拉丁语吗？"

"算了，随便你。"黛芙娜回敬道。她很想抢白他，他不但不会拉丁语，他也不会法语，但她勉强忍住了。戴克斯又犯病了，像得了精神分裂症似的，前一分钟还正常，下一分钟就发疯。

黛芙娜把能想到的拼写都试了一遍，搜索结果仍然为零。

"等等！"最初的失望过后，黛芙娜叫道，"爸爸有一本老拉丁语词典，上周我还用它查过东西！"

黛芙娜向客厅跑去时，戴克斯翻了个白眼。不一会儿，黛芙娜便挥舞着一本模样古老、又长又薄的书回来了。

"找到啦！"她说，"啊哈！"

"怎么了？"

"原来我是在这儿看到过这种形状的书。"黛芙娜说，"爸爸给拉什的那本书，形状跟这个一样滑稽，又窄又长。当然，那本书已经破烂不堪了。"

"还有呢？"

"就是那本书挺让我心烦的，没别的。"黛芙娜打开词典翻看起来。

戴克斯看看妹妹，觉得他应该帮点儿忙，但又不知道做些什么，只好说："这本词典看起来挺古老的。"

"噢，是的。"黛芙娜用那种"我就是专家"的烦人腔调赞同道，"这本词典非常罕见，我敢说怎么也得值八九百美元。我们得小心点儿，别弄坏了。"

"我才不在乎呢！"戴克斯不想再假装有兴趣了，"查着了没有？Videre—Per—Alterum。"

黛芙娜眨眨眼睛。"哼！是你问我的。"她翻到词典的最后几页，"噢，后面这儿有一列前缀，这个是 per，就在这儿，意思是'透过、通过'。好吧，我们接着找 videre，反正我快翻到最后了，嗯——"

黛芙娜翻看着词典，舌尖从嘴角探了出来。戴克斯又气又急地看着她。

"Videre，"锁定目标后，黛芙娜读道，"意思是'看'。那好，到现在，我们有了'看透'。"然后，她翻到词典的前面，只用几秒种便查到了最后一个词，"alterum！alterum 的意思是'其他'，合在一起是——'看透其他'。"

"这是什么意思啊？"戴克斯问，"这跟催眠术有什么关系？"然后，他开玩笑地说："也许他还想要 X 光片呢。"

兄妹俩都意识到，这话并非不着边际，但又觉得摸不到头绪。

　　黛芙娜想了一会儿。"嗯，"她说，"书名的意思是'看透其他'而不是'看透东西'。'其他'听上去像是指人，对吧？我明白了！他会读心术！他想当巫师！戴克斯，我真的不敢相信会有这样的事。"

　　兄妹俩思索着这个新的推测。拉什会读心术，这个推测显然合理多了。但过了一会儿，戴克斯说："我觉得不对。我的意思是，读懂别人的心思怎么能让他知道爸爸给他的那本书是不是他要找的那本书呢？"

　　"我不知道。"黛芙娜说，"事实上，他现在好像就能读懂别人的心思。我是说，上次我和爸爸去他那里，他马上就跟爸爸要那本书，好像他早已知道那是什么书了。对了，我忘了告诉你——埃米特告诉我，他们知道我们从出生到现在的全部情况，埃米特晚上一直在监视我们家，这可真把我吓坏了。"

　　戴克斯也吓坏了，但现在他不愿多想这件事。"我在阁楼上时，拉什怎么会知道发生在书店后面的事呢？当时埃米特和——等等！"戴克斯叫道，"这跟埃米特有关系！你跟爸爸去书店时，埃米特也在那里，对吧？我在阁楼上时，埃米特就在书店后面，而且——他知道埃米特什么时候出去打猎或干别的什么去了。"

　　"这么说，拉什能读懂埃米特的心思？"黛芙娜问。

　　"不知道。"戴克斯说。他把他们所见到的有关埃米特和拉

第九章 ❧ 他人之眼

什之间的事情想了想，觉得读心术好像讲不通。

"不对，"戴克斯想了一会儿，做出结论，"如果拉什能够读懂埃米特的心思，那他根本不可能跟你出去，也不可能把那些事告诉你。你不是说埃米特不愿看着你吗？我怀疑——"

"就这对了！"黛芙娜大叫道，"拉什能看见，通过别人看见！拉什能通过埃米特的眼睛看见！怪不得埃米特不愿看着我——因为这样拉什就不会知道是我跟他在一起了！埃米特看见我和爸爸进去了，后来他翻那本书时，拉什也通过他的眼睛看见了书，所以他才用拐杖敲桌子！"

"所以他才知道我们长什么样。"

事情逐渐有了眉目，兄妹俩感到既高兴又恐惧。

"但埃米特现在也快瞎了。"戴克斯说。接着，他恍然大悟，"拉什想让爸爸为他找那本拉丁语书，是因为他需要书上的一个咒语，好通过你的眼睛看见东西！"

"就是这样，所以拉什想把我变成他的新助手，这就讲通了！你知道，在他拿到那本荒谬之书之前，我觉得他会试着教我使用那些咒语——册子上的那些咒语。我敢打赌，他会强迫我为他做些什么，但现在他想让我寻找那个——"

"叫原初语的东西。"

"没错！可那是什么呢？等一下。"黛芙娜转身把这个词语输入刚刚打开的搜索引擎中，但没有发现任何有用的结果。

"等一下。"黛芙娜返回到珍稀图书页面，把拼写正确的

"Videre Per Alterum"输了进去，但还是没有结果，也没有出现任何相关链接。她无可奈何地抱怨说："我不知道该怎么办了，戴克斯。我们必须阻止爸爸找到那本拉丁语书。也许他一回来，我们就应该把这一切都告诉他。"

"告诉他也没有用。"戴克斯说，"拉什又给他下了咒语，记得吧？"

"那么，等他找到那本拉丁语书后，我倒是可以跟他一起去书店。但我不知道该怎么办，把书抢走？你觉得他们什么时候会回来？我们应该继续查找有关原初语的信息。如果我们知道拉什想干什么，也许就知道该怎么办了。我们需要知道答案，戴克斯，马上知道！"

戴克斯非常赞同。"我觉得我应该去图书馆，看看那儿有什么书。"他说。

黛芙娜看上去惊讶极了，但戴克斯没有理会。

"那里有许多关于神话传说的书，对吧？"戴克斯说，"可能也有魔咒之类的书。你在这里等着，万一爸爸回来后想去找那本拉丁语书——怎么啦？"

"没什么。"黛芙娜说，"我是说，太好了。我——我只是在想，也许你愿意在这里等他们。我的意思是，我特别清楚图书馆的那些书都放在什么地方——"

"你可以跟我一起去，"戴克斯尽量控制住语气，黛芙娜当然想独自搞清楚这一切了，"但我不会待在这里的。"

黛芙娜虽然有点儿恼火，但她设法把嘴边的话咽了回去。

"好吧，"她说，"把能找到的书都借出来带回家，好吗？"

"好的。"戴克斯说，但他知道，他绝对不会这样做。

第十章

惊喜

走到车道尽头，戴克斯才意识到自己忘了穿上长袖运动衫，于是又折回家里。刚进屋，他便听到了哭声。

是黛芙娜。她正在自己的房间里哭。

他踮着脚走过去，发现黛芙娜的房门半开着。

黛芙娜在打电话，她吸了吸鼻子。"您好？"她迟疑地问，"您是雷恩的妈妈吗？嗯……嗯……我是……我是……对不起……我只是想问……雷恩……从夏令营回……回来了吗？"

一阵停顿。

"夏令营，"黛芙娜核实道，但语气很不确定，"在加利福尼亚州。"

又是一阵停顿。

"我知道了。"黛芙娜哑着嗓子说，"不，一定是我记错了。不用留言。没事，我会见到她的。谢谢您。"

她等了一会儿，然后把听筒摔了下去。

然后，什么声音也没有了。

她们真的没有去夏令营！戴克斯心想。他还以为那是他瞎编的呢！哈，这太可笑了！事实上，他不得不捂住嘴才没笑出声来。但接着，他又听到了哭声。与上次不同的是，这次黛芙娜在剧烈地抽泣，好像她身上什么地方真的特别痛似的。戴克斯闪过一个念头，他应该去安慰一下妹妹，他甚至向前走了一步，但他去了说什么呢？他一个字也想不出来。

　　于是他悄悄退了回来。黛芙娜现在最不想看见的就是他了。他从洗衣房的地板上抓起运动衫，套在身上，然后便从后门出去了。他该看露比去了。尽管露比要求他在生日这天过去，但他一直没有确定下来。但现在他决定了。他应该谢谢露比帮他引开了拉什。戴克斯加快脚步，向摩特诺玛康疗院走去。

❖ ❖ ❖

　　黛芙娜这次哭得太厉害了，事实上她都哭吐了。她悻悻地把毯子和床单团起来准备去洗。刚才她和戴克斯讨论发生的事情时，根本没有想起雷恩和蒂尔，但戴克斯一走，她便一心想搞清楚她们是否真的对她撒谎了。

　　事实给了她沉重的一击。没想到她竟然跟戴克斯的境况一样糟糕！也许她还不如戴克斯呢，至少戴克斯没有自欺欺人。她们撒谎！放假前一天，她们竟然笑眯眯地冲她撒谎！而她只不过想在空闲的时候跟她们待在一起，也许学着怎样把头发梳得像她们那样时尚而已。她甚至还想过带她们去 ABC 书店看一看。在她尽力帮助了她们之后，她们竟如此对待她！

黛芙娜真想横冲直撞。她想摔东西，摔大件的东西。她想把她的房间、整幢房子以及房子里的所有东西，包括所有的书，全部毁掉。不，不包括书——

康疗院！现在距她与康疗院约好的阅读时间只剩半个小时了！她竟然把这件事全忘了！

这下好了，黛芙娜心想。也许她应该停一次。是的，她应该停一次。最近发生的事情太多了，现在她最不愿做的就是去给一帮傻傻的老人读书了。反正他们之中有一半人要么走神，要么没有听。但是，她心想，他们会坐在那儿等我一个下午的。她不能那样对待他们。我应该告诉他们，我病了。她抓起电话打了过去，电话占线。她又试了一次，还是占线。她刚把电话放下，电话却响了起来。

是拉蒂。"啊，谢天谢地！"拉蒂舒了口气，"一切都还好吗？"

"爸爸怎么样？"黛芙娜问。

"他没事，他在休息。他们说他只是旅途太劳累了。你知道，他根本不会照顾自己。再过几个小时我们就到家了。我只想确定一下家里一切都好。"

黛芙娜放下心来。"拉蒂，"她说，"关于妈妈，还有拉什先生——"

第十章 惊喜

　　"黛芙娜，"拉蒂打断她，"我不知道他们在找什么书。但我告诉你，在任何情况下都不要与那个卑鄙的小人有任何联系。另外，你不许离开家。让戴克斯特接电话。"

　　"他走了。"

　　"什么？"

　　"我也要走了。"黛芙娜说，尽管这并不是她的本意。然后，她没说"再见"便把电话挂断了。

　　这感觉真好。

　　当然，电话立刻响了起来，但黛芙娜没接。显然，如果待在家里，她得听电话响上几个小时。她决定出去，她要亲自去康疗院告诉那些老人她不舒服，然后再去图书馆认真查一些资料。尽管戴克斯最后决定帮忙，她却难以想象他能帮上什么忙。

　　打定主意后，黛芙娜匆匆出了家门。电话仍在响个不停。

　　尽管知道妹妹在家，戴克斯在去康疗院的路上仍然毫无必要地绕了几条小街。眼前就是让他感到既熟悉又怪异的康疗院。这是一座木质老楼，微微弓起的墙体以及屋顶上那个可笑的小构造，总让他想起他小时候乱涂乱画的诺亚方舟。

　　戴克斯拉下兜帽把脸遮住，然后从员工入口走进大楼。就算没人见他进来，他也不能冒险。他乘坐员工电梯到达三楼，走廊里没人，他径直跑到 306 房间的门口，急促地敲起门来。没人开门，他又敲了敲。他怎么没想过露比有可能不在家呢？

他在那里等着的时候，一个老太太从走廊尽头的一扇门里探出身来。戴克斯看了她一眼，然后继续焦急地敲起门来。老太太沿着走廊走过来了。他知道这很傻，但他就是不想让任何人看见他在这里。他刚要转身跑开，306 的房门却终于开了。他一个箭步冲了进去。

❖ ❖ ❖

十五分钟后，黛芙娜从康疗院的前门走进一楼大厅。

"啊，黛芙娜！"从大厅里的一张整洁的办公桌后面传来康疗院院长伊芙琳·伊敦亲切的声音，"我正担心你今天来不了呢。以前你总是来得特别早。"她把尖头眼镜往尖头鼻子上推了推。

伊芙琳的一切都是尖尖的。

她不仅高，而且非常瘦，她的肩膀、膝盖和手肘就像那些同时指向几个城市方向的路标似的。她的皮肤有些松弛，但那种松弛更像是因为体重下降得太多、太快造成的，因此不是特别显老。黛芙娜觉得她六十来岁。

"但是，当然了，"伊芙琳微笑着补充说，"你从来没有爽过约。"

第十章 ❖ 惊喜

"噢，嗯，我——我其实觉得有点儿不舒服。"黛芙娜咕哝着说，"我头痛得厉害。"这虽然不是一个百分之百的谎言，她却感觉糟糕极了。

"噢，不！"伊芙琳的脸担心地皱了起来，"我希望没什么大碍。你应该……但是……"

黛芙娜希望伊芙琳劝她回家休息，这样她只需要顺水推舟就行了。

"嗯，"伊芙琳说，"我觉得你也许应该去楼上的休息室给他们打声招呼，告诉他们你不舒服。如果你不能给他们读书，他们也会理解的。"

黛芙娜本想让伊芙琳代她转达歉意，但她太内疚了。"好的。"她叹了口气，"您说得对，那些小矮人会理解的。"

"你说什么？黛芙娜，小矮人？"

"噢，没什么。对不起，我这就上楼去。"

"好极了！你真是个天使，黛芙娜·瓦克斯！"

黛芙娜不由自主地咧嘴一笑。

"对了，"伊芙琳眯起眼睛，开玩笑说，"告诉你爸爸，他偶尔也该给朋友们回个电话。"伊芙琳总是这么说，黛芙娜也总帮她传话，不过她早就对爸爸与伊芙琳约会的事不抱任何希望了。

黛芙娜乘坐电梯到达三楼，暗自惊奇她怎么会在伊芙琳面前把她的阅读小组称作"小矮人"。"七个小矮人"本来是她偷偷给他们起的绰号，因为他们不仅矮，而且都有点儿傻乎乎的，当然，他们正好也是七个人。她太失态了，真让人尴尬。

电梯门打开后，黛芙娜慢慢向走廊尽头的休息室走去。她心里很难受，她希望自己看上去也这么难受，她甚至希望戴克斯能在一旁给她一些建议。戴克斯每月至少装病一次，拉蒂每次都信以为真，并允许他请假在家休息。不过，这样的事她从没做过一回。

黛芙娜深吸一口气，走进铺着橘色地毯的休息室。

"哇！"

迎接她的是七个虚弱但喜庆的声音，一串满怀好意但少得可怜的彩带飘落在她的脚下。"生日快乐！"七个老人气喘吁吁地说，接着便吃力地吹响了纸喇叭。

七个老人笑眯眯地看着她。跟往常一样，他们争先恐后地祝她幸福健康、多子多福、婚姻美满，此外还有十来句她没听清的祝福。他们口音各不相同，听上去滑稽可笑。屋子中央的牌桌上放着一大盘杯形蛋糕，黛芙娜感动极了，一时间把一天以来所有那些莫名的烦恼都忘了。"生日快乐"，这简单的四个字就给她受伤的心灵带来了抚慰。

脸蛋红扑扑的坤燕太太，笑得嘴都咧到了耳根上；身穿印花便服和绒毛拖鞋的丢克廉太太，则轻轻推了推腼腆的狄凡先生，鼓励他表现得更热情些；总爱感冒、常用雷鸣般的喷嚏打断黛芙娜读书的通贝诺先生，今天气色不错；由于弱视而总像打瞌睡的西那先生，则冲她挤着眼睛。当然，在黛芙娜看来，这七个小矮人从来都是这副昏昏欲睡的模样。泰皮太太，尽管跟往常一样还在整理她的银色小药盒，也在咧嘴笑着；就连坏脾气的勃格米尔先生也都是笑眯眯的。是的，七个小矮人全在这里，黛芙娜非常高兴。

"十三岁了，成青少年啦！"丢克廉太太柔声说，"这是什么感觉？我都记不得我那时是什么感觉了，那是太久以前的事了，太久太久以前了！"

我什么感觉也没有，黛芙娜心想。"其实，我今天有点儿头痛，觉得很难受。不过太谢谢你们啦！"

"偏头痛，是不是？"西那先生叫道。屋子里的每张脸顿时担忧起来。他们向她冲了过来。应该说，黛芙娜心想，他们像一群焦急的老海龟一样向她冲了过来。

"我希望不太严重。"第一个冲到黛芙娜身边的坤燕太太说，"我们今天一直盼着你过来呢。"其他几个老人也不约而同地表达着他们的关心，七嘴八舌地建议她应该立即采取这样或那样的措施。

"不，不，我没事，我只是——"黛芙娜不知说什么才好。老人们过度担忧的表情就像这里突发了一场医疗事故似的，她感到内疚。难道他们除了听她读书，就没有其他可以期待的事了吗？尽管他们都很善良，但如果老了就意味着像他们这样依赖他人，黛芙娜永远都不想变老。

"你出汗了！"泰皮太太着急地说，"你应该回家休息。"

"是的。"黛芙娜低头看着地毯，低声说。她的确在出汗。

"那你晚饭后再回来？"通贝诺先生抬起象牙色的一字眉，满脸期待地问。小矮人们安静下来，带着令人尴尬的期盼，等待着黛芙娜的回答。

这太可笑了！黛芙娜想说不行——现在她的生活已经乱成了一团，她怎么可能答应他们呢？但看着周围这几张善良热切的面孔，她犹豫了、屈服了。她觉得告诉他们"不行"，就像老师告诉满满一教室的小学生，本来答应给他们吃的糖没有了。"好的，"黛芙娜说，"我尽量来。"

"好极了！"勃格米尔先生拍手欢呼道，小矮人们也都说这再好不过了。勃格米尔先生揽着黛芙娜的肩膀，把她送到走廊。"我们等你回来，黛芙娜。"说完，他转身返回休息室，关上了房门。

休息室里的谈话正在热烈进行中。

第十一章

露比的身份

在走廊里走到一半时，黛芙娜听到一个声音。她停住脚步。那声音是从 306 房间传来的。

"我恨他们每一个人！"

黛芙娜认得这个声音，但这不可能。她把耳朵贴在门上。

"就像我经常告诉你的，"一个女人说，"这是个冷酷的世界，非凡的人几乎找不到朋友。即使是最亲近的人有时也不值得信任。有时，你得找个好朋友帮着你分忧解难。"

一个男孩儿回答道："我要是能跟您一起生活就好了。"

黛芙娜觉得太奇怪了，哥哥怎么可能会在这里呢？不，这一定是哪个老人的孙子，只是声音跟戴克斯的一模一样罢了。

黛芙娜使劲儿把耳朵贴在门上。

"噢，我亲爱的孩子，要是那样的话——"

那个声音停了下来。接着，一个满脸皱纹、有着一头耀眼白发的老太太打开了房门。

戴克斯像受了电击一样从沙发上跳了起来，但他没有试图

第十一章 ✤ 露比的身份

躲起来。黛芙娜盯着他，惊愕得说不出话来。

"黛芙娜！"老太太叫着她的名字，露出了笑容。但据黛芙娜所知，她以前从没见过这个人。

"戴克斯，你在这里做什么？"黛芙娜缓过神后，脱口问道。

戴克斯垂头丧气地坐回沙发上。他把黛芙娜今天要来康疗院读书的事全忘了。"好极了！"他愤愤地说。

"确实好极了！"老太太满面笑容地看着黛芙娜，大声说道。

这位老妇人个子很大，看上去精神不错。她朝黛芙娜正式鞠了一躬。"黛芙娜·瓦克斯，"她说，"我叫露比·沙尔拉赫。这么久了，我一直盼着见到你。我跟你哥哥已经认识好几个月了。"

"等等！"黛芙娜惊呼道，"我的确见过您！我在 ABC 书店见过您！"

"那个书店？的确如此，不过我在那里看见你的次数可比你看见我的次数多多了！除了书，你几乎什么都不留意。"

"我——我不明白。"黛芙娜望向哥哥，但戴克斯有意避开了她的目光。

"让我来解释一下。"露比说，"请坐，黛芙娜，喝点儿茶。我有些重要的事要告诉你，我真心希望你做好了准备。"

看来只能这样了。黛芙娜走进房间，在哥哥旁边坐下，拿起放在茶几上的茶壶，为自己倒了一杯茶。

等黛芙娜倒好茶后，露比说："今天，你们生日这天，我们终于可以互相认识并聊一聊了。你们两个对我来说太重要了。"

"但——我不明白。"黛芙娜说。

"你会明白的。"露比向她保证道，"你们应该知道的第一件事情——我刚要给你哥哥说这件事——就是我很清楚，阿斯忒里俄斯的书店正发生着极其可怕的事情。黛芙娜，你已经敏锐地注意到，我已经留意这个书店一段时间了。你们应该知道的第二件事情是，很久以前，就在你们的母亲还不叫西蒙娜或瓦克斯太太以前，我就是她最亲密的朋友。"

本来摆着一副死尸般姿势的戴克斯，一下子坐直了。"什么？"他叫道，"您认识我妈妈？您怎么从来没有告诉过我？"

"这是我计划今天告诉你的，戴克斯。除此之外，停息很久的战争已经再次掀起，我需要你们的帮助，你们俩的帮助。"

黛芙娜摇摇头，好像要把自己从睡梦中摇醒一样。"等等！"她说，"你们俩怎么认识的？我不明白。"

"上个学期我是戴克斯的辅导老师。"露比简单回答道。黛芙娜吃惊地张大了嘴巴，露比朝戴克斯柔声说："很抱歉，我泄露了我们的小秘密，但我相信，你很快就会明白这并不重要。"

戴克斯垂下目光。

"我早就想认识你们这对双胞胎了。"露比解释说,"搬到这里后,我做的第一件事就是给你们打电话。戴克斯接的电话——戴克斯,我很抱歉以前没有告诉过你我的这个小骗局——我说我愿意为你们俩辅导功课。戴克斯告诉我,你大概都能辅导我了,黛芙娜。不过,他答应过来补课。我打算今年再想出一个鬼点子认识你,亲爱的黛芙娜。尽管我认为你其实不需要对我要说的事做任何心理上的准备。"

听到露比说自己已经做好了心理准备——不管露比要说什么,黛芙娜都忍不住地高兴起来。她坐直身子,表示她准备好了。

戴克斯可一点儿也不高兴,但他现在终于明白了,为什么在他和露比的"辅导时间",露比并没有给他真正辅导多少功课。他们通常只是谈论生活,但这对他来说没有什么不好。露比愿意听他说任何事情。他说他父亲不关心他,露比相信;他说在学校里没人跟他玩,露比也相信。就是让他付出考砸十二次的代价,他也愿意来看露比锁起满是皱纹的额头并点头听他抱怨的样子。关于林中空地的秘密他只告诉了露比一个人。

"书店正在发生什么事?"黛芙娜问,她尽量不看戴克斯,因为戴克斯此刻的表情就像刚被人揭开了伤口一样。

"我要是知道阿斯忒里俄斯正在计划什么就好了。"露比说,"不过我有很多信息与你们分享,这些信息可能有用。"

"我们搞清楚了一些事。"黛芙娜说。

露比看上去很感兴趣。"说吧。"她说。

"是关于一本书的事。"黛芙娜解释说,"拉什在找一本书,我猜那也许是一本满是咒语的书。他还有一本册子,里面记着一些催眠他人的咒语。不过,那本册子现在不在他手上了,戴克斯把册子偷出来然后扔掉了。他——我猜他会来这里绑架我,然后让我学那些咒语或别的什么的。我怀疑他的助手快瞎了,但这个我不确定。后来,我父亲给他拿去一本书,那本书可能正是他要找的,也是我妈妈要找的。"

"听到我妈妈出事的新闻后,拉什以为我妈妈找到那本书并把书毁掉了。"戴克斯插话说,忽然觉得他把册子扔进垃圾堆是明智的。但露比得知那本书的命运后,除了抬抬眉毛,没有其他任何反应。

"不知道为什么,"戴克斯继续说,"拉什认为如果我妈妈结了婚并有了孩子,就一定毁掉了那本书。"

"但是,拉什还是打算等他记起那个能让他通过我的眼睛看东西的咒语后,把我带走。他想让我学习那本书——如果那就是那本书的话,而且他在找一种叫原初语的东西,不过我们根本不知道原初语是什么。我只是不明白,他为什么想让我做这一切。"

露比听得非常认真,这让兄妹俩感到欣慰。不过,听自己讲述自己的故事,让他们怀疑自己是不是疯了。

第十一章 ❖ 露比的身份

"我觉得他不是非你不可，亲爱的。"露比对黛芙娜说，"我敢肯定，你们两个无论哪个都够他用了。这只是因为是你跟着你父亲一起把书带到书店的。给我说说那件事，好吗？"

"好吧。"黛芙娜的语气有些迟疑。

戴克斯偷偷笑了。他看到了——尽管那只是一瞬间的事——听到露比说拉什并不是非她不可时，黛芙娜有点儿丧气。他很想嘲笑妹妹的自以为是，但现在显然不是时候。

"我的确知道那本书是我爸爸在土耳其发现的。"黛芙娜说，"等等！我妈妈就是在那儿出事死的！"她意识到，"我以前怎么没想到这个呢！"

"那本书里面全是古怪的文字。"戴克斯说，同时琢磨着黛芙娜所说的巧合意味着什么。

"拉什让我把那本书中的同一句话读了差不多一百万遍。"黛芙娜说，"您知道那是什么书吗？您知道他说的原初语是什么吗？网上什么也没有，我还没来得及去图书馆——"

"去了你也查不到任何东西，不过现在你来对地方了。"露比说。

"告诉我们吧！"兄妹俩恳求道。

"你们所说的原初语是一种语言，很可能是最早的语言。"露比解释说，"但最重要的是，原初语具有一种魔力。它能左右人们的心思。"

"它是一种魔力之语。"黛芙娜低声道。

戴克斯什么也没有说，他的心思飘远了。

"我不知道'魔力之语'这个词是否确切，"露比说，"但应该是这么回事。一个人如果拥有了原初语的知识，几乎无所不能，这既美妙又可怕。好在原初语已经遗失，就像人们所说的那样，遗失在时间的长河里了。"

"但这种语言不是真实存在的，对吧？"黛芙娜问，尽管她和戴克斯亲眼见过原初语的魔力，但她依然不愿接受这个事实。

"噢，是真的，黛芙娜，"露比肯定地说，"是真的。"

"但是，这一切您是怎么知道的？"

"怎么说呢？我并不是你们看上去的这个年纪。"露比的回答着实令人奇怪。她向后理了理白发，摸了摸皱纹密布的脸庞。"信不信由你们，"她继续说，"在原初语消失之前，这一魔力之语我说得极其流利。"

停顿片刻，她又补充说："你们的母亲也是如此。"

第十二章

拉什与九人小组

得知露比·沙尔拉赫的岁数大到无法估量，兄妹俩目瞪口呆地看着她，不禁肃然起敬。

"在历史上的某个时刻，孩子们，"露比说，"人类学会了原初语，也就是你们所说的魔力之语，但没人知道这件事的来龙去脉。不过，有一个古老的神话说，上帝创世时，曾读过一本记录着原初语的书。后来，那本书或是遗失了，或是被盗了，原初语就这样来到了人间。你们可能知道普罗米修斯的故事，是他从上帝那里给人类盗来了火种。'火舌'这个词语，很可能与这两件事都有关系。关于这个主题的故事有许多不同的版本。"

黛芙娜惊呆了。他们现在在讨论上帝吗？这个话题她以前几乎没怎么想过，确切地讲，这个话题她从来没有想过。"这能——能是真的吗？"她结结巴巴地问。

"猜测是毫无用处的，"露比回答道，轻描淡写地便把这个问题丢到了一边，"但我们确信的是，原初语会带来灾难性的

后果，尽管这一后果不会立即显现。最初，人类学会原初语后，利用它在农业、航海、天文等各个领域取得了飞速进步，但很快，原初语便不可避免地被用作了武器。本已解决的争端，不论其结果是否令人满意，全部迅速升级为公开的战争。整个地区人口被毁灭，许多文明遭到重创。原初语很难掌握，但这也许是件幸事。你们一定要知道，原初语很难发音。只有年满十三岁，人们才能说出甚至听到原初语。"

"等等！"黛芙娜说。尽管她的脑子被这个令人震惊的历史新概念搅得一片混乱，但她忽然明白了一件事。"昨天我偷看拉什和父亲谈判时，拉什似乎不出声地对他说了些什么——不管拉什在干什么，他让我爸爸变得非常怪异。昨天我十二岁！而今天，当他让我在他的小办公室为他读书时，我却能听见他低声说的那些控制我的诡异词语。而我今天十三岁！他一直等了十三年，就是为了等到能够控制我——我是说，控制我或戴克斯的这 天。他不是在催眠他人！"黛芙娜突然意识到了这一点，"而是在说原初语！"

露比摇了摇头。"幸运的是，阿斯忒里俄斯·拉什无论如何也不会说原初语。"她说，"但这些来年，是的，他设法学会了一些咒语。"

"所以他收集魔法书！"戴克斯肯定地说。

露比点了点头。"因为原初语很难发音，"她解释说，"人们开始遗漏和错读，但他们愚蠢地认为，是那些咒语失效了。

最后，原初语几乎被人遗忘了，只有少数人还记得其中某些部分。这些人能力有限，但其他人却害怕甚至怀疑他们。有些人被叫作魔鬼或巫婆，其中不少人遭到残酷杀害，这些你们可能都知道。就像你们所预料的那样，许多人因为害怕丢掉性命，放弃了原初语的知识。就这样，知道原初语的人越来越少了。孩子们，你们知道，无知，任何形式的无知，其传播速度比火还快。很快，除了在各种形式的神话传说中尚有保留外，原初语这一概念也被遗忘了。"

"等等，但并不是所有的人都忘了原初语。"戴克斯推测道，"您和我妈妈忘了吗？"

"几千年前，"露比说，"世界上最聪明的三十六名十三岁的孩子被选中，并送进一所秘密学院。我和你母亲也在其中。"

"您——您是说几千年前？那我妈妈——"黛芙娜没有试图计算妈妈的岁数，因为她太震惊了。戴克斯也是一样。

露比点点头，表示确认。

兄妹俩你看看我，我看看你，尽管他们一言没发，却用眼睛问着同一个问题：这可能是真的吗？很快，他们用眼睛回答对方：很有可能。

"您是说全世界最聪明的孩子？"戴克斯问道，"他们怎样选的？"

"那是个令人费解的过程。"露比承认道，"我只能告诉你们我自己的情况。一个赞助人——我从没见过的那个人——派

了一个招生人员来到我家的那个地方，阿根廷的一个小镇。我猜出一个很难的谜语后，他揉了揉我的头发，说我被选中了。他告诉我父母，我将在土耳其的一个特殊学院接受科学与艺术培训，把我培养成为一名国际和平使者，但他并没有告诉他们，我需要学习原初语来实现这一目标。我父母把我交给了那个招生人员。他们走后，他才告诉我实情：我们的赞助人在一本古书中发现了原初语，但由于他岁数太大、身体太弱，他学不会了。于是，那个赞助人决定招收并培训像我这样的特殊孩子，这样，用他的话说，我们就可以一起把天堂带到人间。

"但这绝非易事。我说过，我们从未见过那个赞助人，那些招生人员成了我们的老师——尽管他们几乎不能被称作老师，因为那个赞助人不允许他们看那本书。我们需要自己琢磨出每一个咒语。我们用了将近一年的时间，才掌握了第一个咒语，但这个咒语非常重要，因为它能够延长我们的寿命。如果完成任务需要一万年，我们的赞助人也愿意等下去。"

"您的意思是，"黛芙娜倒抽一口凉气，"一个让人长生不老的咒语？"

露比再次摇了摇头。"不是，"她说，"长生咒语并不在那本书上。虽然它能极大地延长我们的寿命，但就像你们所看到的这样，时间，即使对于我们也不是无限的。"

"拉什也是其中的一个孩子！"戴克斯忽然意识到。

"的确是。"露比确认道，"我们学了许多年，在此期间，

他策划了一场叛乱。他企图利用原初语奴役世界。他秘密说服了所有人，除了后来被称作'九人小组'的我们九个人。现在，我只能推测，等了这么多年后，他正计划培训你们为他完成这件事——你们一定很有天赋，你们的母亲是我们中的一个。"

兄妹俩大为震惊。"奴役世界"这样的字眼似乎只出现在虚构的故事中。此刻，他们有一种同样的感觉：他们已经被卷进某种可怕的事情之中了。

"但你们赢了，'九人小组'赢了，对吧？"黛芙娜相信事情就该如此。

"的确如此。"露比再次确认道，"我们在那次被称为'词语大战'的战斗中占了上风。除了阿斯忒里俄斯本人，他的同伙全部被制服。阿斯忒里俄斯是我们三十六个人中技艺最高超的一个，不过，我们把他打败后，设法把他囚禁在一个石牢中。后来，因为大家需要一起想办法面对更糟糕的状况，'九人小组'正式成立。我们失去了很多，你们知道，我们的赞助人，他的梦想也破灭了。"

"他怎么了？"戴克斯问。

"我个人认为，阿斯忒里俄斯杀害了他。从战争开始的那天起，我们就再也没有收到过他的任何消息——后来，我们得知阿斯忒里俄斯拿到了他的那本书。"

"拉什怎么逃走的？"黛芙娜问。

"经过多次商议，小组做出了一项艰难的决定。"露比解释说，"这就是：彻底遗忘原初语。我们把阿斯忒里俄斯带到我们面前，告诉他我们将用遗忘咒语清除所有人记忆中的原初语，然后把他放了。他同意了，我们立刻在会面的那个云雾缭绕的山顶开始了这一仪式。"

"他在撒谎。"戴克斯预测道。

"是的。但幸运的是，我们中的一个人发现了这一情况，她名叫索菲亚·罗格斯。遗忘咒语起作用时，索菲亚利用心中尚未失灵的洞察咒语查看了阿斯忒里俄斯的心思。你们知道，她跟阿斯忒里俄斯的水平一样高。她一察觉到他的最终阴谋，便果断采取行动，在最后几个咒语从她记忆中飘走时，巧妙地抓住最后一个咒语，并尽其所能把它发挥到极致。这个咒语就是改变咒语。她知道阿斯忒里俄斯把书藏在了长袍的褶皱里，便直接对那本书下了这一咒语。"

"拉什试图再次学习原初语！"黛芙娜喊道，"这样他就成了唯一一个掌握原初语的人！"

露比点了点头。

"那他意识到索菲亚做的事之后呢？"戴克斯问。

"遗忘完成之后，"露比说，"阿斯忒里俄斯发现书中的词语变了——那些词语从这个变成那个，有时快有时慢，但永远都在改变。"

黛芙娜一下子跳了起来，差点儿把她的茶水弄洒。"我说他为什么一直让找读第一页呢，原来他是想知道里面的词语

有没有改变！怪不得我读错一个词后，他变得那么激动！但是——书上的词语确实在变！有些词语确实在动！当时我还以为我晕车了呢！"黛芙娜停下来，想了一会儿。"但是——我爸爸，他把书带给拉什时——如果那些词语真的在动，他为什么没提到这一点呢？"

露比似乎并不觉得奇怪。"有可能因为那本书虽然奇特，但在大多数情况下，它就像一本普通的书。"

"那本书是怎么弄丢的？"戴克斯问。

"当阿斯忒里俄斯意识到，原初语重新出现在书上可能需要几百年时，他大发雷霆。"露比解释说，"他先把书摔在地上，然后又试图把书扯碎，最后他干脆把书扔下了悬崖。那书落下几百英尺，最后掉进有着星星点点船只的河流中。因为我们在山顶上，不可能看到书到底是掉进了水里还是掉到了船上。即使掉到了船上，也不可能知道它被带到哪里去了。不过此事很快有了结论，那本书显然掉到了船上。"

"你们怎么知道的？"黛芙娜重新坐下来，问道。

"我们知道那本书没有毁掉，是因为随着时间的推移，我们注意到，在世界各地，一些平民拥有了某种魔力。那本书四处流传，书中偶尔会出现一些咒语，当然并没有发音说明。人们试图利用那些咒语把普通的金属变成金子，或者通过星相预知未来。有些人因此成了以表演魔术为生的魔术大师；有些人成了江洋大盗；有些非常高尚的人则利用那些咒语医治患有不治之症的病人。

"但偶尔，有些平民在发现真正危险的咒语后，利用它们攫取了统领他人的至高权力。他们把自己装扮成伟大的领袖，从而利用集体的力量，达到邪恶的目的。好在这种事情非常罕见，最后那些咒语对暴君也失去了效力。

"因此，小组一致同意，找到那本书比监视阿斯忒里俄斯还要重要，毕竟现在他跟我们一样也不会原初语。我同意由我一个人继续监视他，其他组员则分头行动，跟踪世上有关魔法事件的消息。

"从那时起，我们之间便失去了联系，我估计其他组员都已去世。我说过，我们中没有谁可以长生不老。孩子们，"露比说，"我们必须尽快找到那本书，否则就太晚了。看来能够代表'九人小组'的只有我一个人了。我把希望寄托在你们两个人的身上。当我说世界命运安危未卜时，绝对没有夸大其词。"

兄妹俩努力忍住喉头的哽咽。沉默了一会儿，戴克斯忽然想起一个问题。"露比，"他轻声问，"我们的妈妈——您说您认识她时她叫别的名字，叫什么呢？"

"什么？难道你没有猜出来吗？"露比惊讶地问，"她当然就叫索菲亚·罗格斯了。"她笑着说。

第十三章

火警之乱

兄妹俩默默坐在那里，努力消化着这个爆炸性的新闻。

最后，黛芙娜问："为什么拉什读到关于我妈妈的那篇文章时，会认为死的人就是'九人小组'之中的人呢？"

"是因为出事的地点。"露比说，"那些山洞位于土耳其的一个偏远地区，离我们的受训地点非常近。但他不可能知道死的人是你母亲。她没有用真名，即使报纸上有她的照片也没关系。活了那么久，容貌全变了。小组中的几个人，除非彼此一直保持联系，否则也认不出彼此——"

露比突然停下来。走廊里响起了刺耳的火警声，兄妹俩害怕地站起身来。

"可能没什么事，"露比说，"但我们最好出去。"她起身带兄妹俩走出房门，径直向走廊对面的楼梯口奔去。黛芙娜疯了似的往前冲，她不想在这里碰见七个小矮人。让她安心的是，她从眼角的余光中看见了狄凡先生和泰皮太太，他们正对着休息室门前的火警盒苦苦思索，那副困惑的样子好像在说，这是他们从没遇到过的技术难题。

在楼梯上，黛芙娜、戴克斯和露比遇到了几个正在做康复训练的病人。这些病人的胳膊腿儿要么缠着绷带，要么挂着吊带，要么戴着托架。他们全抓着栏杆，大汗淋漓地锻炼着。听到火警后，他们立刻转身下楼，因此绕过他们是不可能的。不一会儿，又有几十名来自楼上楼下的老人涌进了楼梯，这里的场面更加混乱了。

过了一会儿，人群才开始朝着大厅慢慢移动，但没有一个人显得特别焦虑，这让黛芙娜感到奇怪。相反，她只听见人们都在抱怨火警声给他们带来了多少麻烦。当他们到达一楼时，拥挤的人群把戴克斯、黛芙娜和露比分开了。黛芙娜试着往前挤了挤，但没有挤动。

"小姑娘，现在哪里着火了吗？"有人不快地对她说。

黛芙娜也很生气，但她没有再往前挤。她不得不随着人流向大厅慢慢移动。护士们和探视人员正在疏散康复病人，其中有许多人或是坐着轮椅，或是挂着拐杖，大厅里一片混乱。

"假警报！假警报！"有人在喊。是伊芙琳·伊敦。"再过几分钟，我们就可以回自己房间了！"但是没人留意她说的话。

黛芙娜焦急地四处张望，很快便发现了戴克斯。他们左绕右绕，终于穿过牢骚满腹的人群会合在一起了。然后，兄妹俩继续寻找露比，迫切希望能从她那里知道更多事情，但却怎么也找不到她了。

一只手按在黛芙娜的肩膀上。"黛芙娜，我的甜心！"伊芙琳不知从哪儿冒了出来。"噢，亲爱的！我真高兴找到你。有个大块头的年轻人来过这里，他戴着墨镜，脸色特别苍白。他说他有急事，必须马上找到你。他看上去特别不安。因为我没看见你下来，我就让他去休息室找你了。不过，我猜他错过你了。"

黛芙娜顾不上回答，她现在一秒钟也不能耽误。找露比谈话的事只能等一等了。她和戴克斯疯了似的向门外挤去，路上差点儿踩到一个小老太太和她的助行架。

一到门外，两人便头也不回地飞奔而去。

戴克斯跑在前面，比妹妹先到家。他从车道上飞速跑过去，绕到房子后面，然后在后门口停了下来。厨房里传来了巨大的争吵声：父亲和拉蒂已经从医院回来了，两人正在激烈地争吵着。

不一会儿，黛芙娜向他跑了过来。戴克斯拦住她，把她带到车库里面。

"怎么回事？爸爸回家了！"黛芙娜指着停在车道上的汽车说。

"我看见了。"戴克斯不客气地说，"我们等等，看出了什么事。"

黛芙娜点了点头，一时觉得头昏脑涨。等她调匀呼吸后，她说："我猜埃米特最后猜出是我们偷了册子。"

第十三章 火警之乱

戴克斯点了点头。"但他怎么会知道你在康疗院呢？"

"一定是拉什说的。爸爸跟他说过，我给本地康疗院的老人们读书。"

"也许是埃米特拉响的警报，这样他抓我们的时候就不会引起注意了。"

"那他现在在哪儿？"黛芙娜问，"戴克斯，他可能想杀死我们。就像拉什对那本书着了魔一样，他对杀人好像着了魔。"接着，她想起了一件事，"他说拉什从不催眠他，但那也许只因为他自己不知道。我们也许能让他清醒过来！"

戴克斯没有听进去这些话。他只是自言自语地说："妈妈！"

黛芙娜没有答话，但她惊愕的表情足以告诉哥哥，她也想起了那些令人难以置信的事。兄妹俩不再说话，他们终于有时间考虑露比告诉他们的事情了。他们的亲生母亲曾是小组中的一员，是她挫败了拉什的阴谋，而且她活了几千年！这一切简直让人难以理解，戴克斯和黛芙娜都陷入了沉思。

过了一会儿，戴克斯听见自己说："雷恩和蒂尔的事，我——"

黛芙娜惊愕地看着哥哥，脸唰地白了。现在，她还不能处理这件事。

什么时候，戴克斯开始有权破坏她的生活了？显然，她才是这个家里真正的失败者。现在，他要开始对她逞威风了，也许他将永远如此了。

"那是我瞎编的，"戴克斯承认道，"我并没有在公园看见她们。"

"什么？"

"对不起。我当时简直在犯浑。她们两个我谁也没见到。"

黛芙娜的耳根变红了。"但是……但是，"她仔细盯着哥哥的眼睛，但并未察觉里面流露出丝毫的不诚实。"谢谢。"她低声说。

戴克斯不知道他为什么承认这件事，也不知道接下来该怎么说。不过，这不重要了，因为就在此时后门被撞开了。米尔顿挣着要出来，拉蒂却拦着不让他走。兄妹俩踮起脚尖走到车库门口。

"回床上去！"拉蒂命令道，"你听见医生怎么说了，你累坏了！而且孩子们也不知去哪儿了！今天是他们的生日，米尔顿！我们需要办个正式的生日晚会。"

"放手！"米尔顿命令道。他一边穿外套，一边试图像擦掉衣服上的毛球一样推开拉蒂。外面又开始下毛毛雨了。

"你衣服还没换！"拉蒂喊道。她说得没错，米尔顿还穿着他的法兰绒睡衣。

"我要去拿那本书！"米尔顿哀号着说，显然他并不在意他的穿着，"夸里奇有一本。你听明白了吗？"

"那让我去！让我把书给你拿回来！我也好去找找孩子们！"

"绝对不可能！你给我闪开！"

第十三章 ✤ 火警之乱

　　拉蒂认输了。她松开手，气冲冲地返回屋内。米尔顿朝着汽车走去，但还没等他坐进车，拉蒂拿着围巾跟了上来。

　　"拉多娜，你疯了！我不需要你的监护！"米尔顿砰的一声关上车门，启动了汽车。拉蒂上车时说了什么，兄妹俩没有听到。

　　米尔顿别无选择，他只好载上拉蒂。车轮飞速转动起来，将车道磨得吱吱作响。

　　"难道我们不该试着拦住他吗？"黛芙娜问。

　　"拦也拦不住。"戴克斯说，"再说，让拉蒂逮住我们就不值了。"

　　"嘿！"黛芙娜说，"我们可以给那个叫夸斯的人打个电话，告诉他不要把那本书卖给爸爸！"

　　"是夸里奇。"戴克斯纠正道，"但我觉得我们还是别管了。为这个我们得编个理由，但夸里奇绝对不会相信的。"

　　"但是，戴克斯，爸爸现在去拿那本书了！假如他把书带到 ABC 书店，拉什就会得到他需要的那个咒语，然后通过我或你的眼睛看见东西！总之，如果爸爸把那本书给了拉什，事情就糟了！"

　　"我觉得现在我们已经没时间为爸爸操心了，"戴克斯一反常态，冷静地说，"有件事比他还重要。我们必须解决真正的问题。"

　　"什么意思？"黛芙娜问。看到哥哥比她还要沉稳，她强迫自己冷静下来。

"我认为我们应该去做妈妈和其他组员一直想做的事——把那本荒谬之书彻底毁掉。"

黛芙娜立即同意了，这确实是他们应该做的。"没有了那本荒谬之书，"她说，"那本拉丁语书无论是对拉什还是对爸爸都没有用了。但戴克斯，我们怎样才能拿到荒谬之书呢？"

"那本词典，"戴克斯想到一个主意，"我是说家里的那本拉丁语词典，你不是说它长得很像荒谬之书吗？"

"好主意！"黛芙娜叫道。

兄妹俩冲回屋里。黛芙娜跑进书房拿上词典，然后迅速返回厨房与戴克斯会合。戴克斯拿着一盒超长的壁炉火柴，已经擦着了一根。黛芙娜把词典的页边慢慢凑近火苗。每次词典将要烧着时，戴克斯便把火吹灭。大约十五分钟之后，词典的边缘都烧黑了。

黛芙娜拉开抽屉，拿出拉蒂最好用的一把刀。

"让我来！"戴克斯说。黛芙娜把刀递给他。尽管有点儿尴尬，但戴克斯拿起刀，在封面和封底上各划了一个大口子。这感觉真是太爽了！

"那本书也变形了。"黛芙娜说。她生怕戴克斯一时兴起把词典划烂，赶紧把词典拿了回来。她把词典放进洗碗池，打开了水龙头。"我简直不敢相信我们会这样对待这本可怜的词典。"她哀叹道，"现在它大概不值钱了。"

等词典被水浸透后，黛芙娜把它放进微波炉里，设定好三分钟，然后按下开始键。

"这真像是在做生日蛋糕，今天该在这儿做生日蛋糕呢。"戴克斯说。但接着，他转身去看黛芙娜，发现黛芙娜也在看着他。她的眼睛亮亮的。

"生日礼物！"兄妹俩不约而同地喊道。

第十四章

妈妈的信

兄妹俩朝父亲的房间冲去，满脑子都是包装鲜亮的礼物。两人一进屋便分别扑倒在床底两侧。

床下空空的。兄妹俩你看看我，我看看你。

"我们在干什么呀？"黛芙娜叹了口气，与其说尴尬，不如说失望。

"就是，"戴克斯同意道，"事情这么紧急，我们却表现得像小孩儿一样。"但他的语气中也流露出难以掩饰的失望。

"戴克斯，"黛芙娜喊了他一声。尽管趴在床底谈话有些怪异，但她没有爬起来。"关于露比——我——你，"她说，"我……我看到了什么东西。"黛芙娜从地板上捡起了一张纸片似的东西。然后，她从床底下爬了出来，坐在地板上。"戴克斯！"

戴克斯向床上面望去，妹妹递过来了一张一百美元的钞票。

"到这儿来！"黛芙娜催促道，"你看！"她指着她那一侧

的床垫说。戴克斯爬到床上，一张二十美元的钞票夹在床垫和床裙之间。

戴克斯和黛芙娜一把扯下床单和毯子。床垫侧边有条拉链，一沓钞票从没有拉严的地方冒了出来。黛芙娜屏住呼吸，轻轻拉开拉链。

兄妹俩大吃一惊。床垫里面塞满了各种面额的钞票。一把钞票掉在地上，一起掉下来的还有一个明黄色的信封。

黛芙娜咧嘴笑了，她捡起信封。"太古怪了，"她说，"你看！"

戴克斯看了一眼，但他没有作声，而是把视线重新放回那些钱上。他这是什么意思？

"这太诡异了，你不觉得吗？"黛芙娜说，"我敢打赌，他把信藏这里后自己也忘了！而且，这绝对不是他写的。一定是拉蒂替他写的！"

"你为什么这么说？"戴克斯漫不经心地问，他的目光仍然停在那些钱上。

"爸爸什么时候这样称呼过我们？"

"哪样？"

"你看！"黛芙娜问道，"爸爸什么时候会写'致我亲爱的孩子们，在他们十三岁生日的那一天'？不可能！"

"听起来不像是他写的。"戴克斯承认道，他没有理会妹妹的语气，"打开看看！"

想到父亲连给他们写张生日贺卡都嫌麻烦，黛芙娜一阵反感。她撕开信封，里面有一封折好的打印的信。她抚平信纸，读了起来。但不一会儿，她便睁大眼睛，猛地抬起头，看着戴克斯。

"怎么啦？"戴克斯问，"写的什么？"

"这是妈妈的信。"黛芙娜神色黯然地回答道。然后，她大声读了起来：

我最亲爱的孩子们：

我正在给你们写信，几分钟后我便要离开你们，踏上一场意想不到的旅程。

很久很久以来，我一直在寻找一本书。我几乎花了我在世上的所有时间来寻找它，却忽略了我应该追寻的东西，也是我们大家应该追寻的东西：生活与爱。愿你们永远不会体会到我所经历的那种孤独，愿你们的一生都有爱你们的人陪伴左右。你们两个能够彼此相依，是多么幸福！

孩子们，后来我违背诺言，放弃了寻书，因为我找到了爱。"我愿意"，这三个简单的字让我重获自由。现在我有了你们，我的欢乐更是无边无际。

只是现在看来，这本书似乎唾手可得。我要去找到它。我期待最好的结果，但世事无常，我必须给你们写下这封信。

有个名叫阿斯忒里俄斯·拉什的男人，他为了找到这本危险的书，可以不择手段，包括谋杀孩子们。你们万一遇到他，

赶快跑！无论如何，都不要与这个邪恶的人有任何来往。

我深深地希望你们永远不会看到这封信，因为如果你们看到了，那必是因为我死了。我是那么地爱你们。我必须承认，我没想到我会生下你们两个。你们是两个小小的奇迹！在我漫长的一生中，拉多娜给了我最大的帮助，是她鼓励我生下了你们。我希望你们两个知道，我有多爱你们，永远、永远爱你们。

信还没有读完，黛芙娜便停下来，低下头去。"给你，"她把信递过来，哽咽着说，"我读不下去了。"发现戴克斯没有接，她抬起头，"戴克斯，我读不下去，我真的读不下去了。"

"你当然能。"戴克斯说。

"求你了，我太难受了。"

"噢，得了，黛芙娜，把这个愚蠢的东西接着读完。"

"我做不到，戴克斯特！"黛芙娜喊道，"你就不能帮我一次忙吗？你非要把什么事都弄成一场大战吗？"

戴克斯没有回答。过了一会儿，他用缓慢而克制的语气说："我不能读，黛芙娜。行了吧？"

"为什么不能？这又不是用法语写的！对不起……你看……实在对不起，我不知道你补课的事。我总说你不在乎，真对不起！但你确实做得不对，你不该对我保密，而且还装得像……"

"你不明白，"戴克斯打断她，"有时候，你必须面对这样一个事实：有的事情你就是无法明白。"

戴克斯的声音听起来很陌生，就像是另外一个人在用他的嘴讲话似的，这让黛芙娜感到不安。"什么？我不明白什么？"黛芙娜问。

"我不能为你读这封信，黛芙娜。我不能为你读，是因为——"

"因为什么？"

"因为我没办法阅读，黛芙娜。"

戴克斯终于说出来了。在隐瞒了这么久之后，他不知道为什么会在此时此地说出来。但他的确说出来了。

"噢，天啊！"黛芙娜感到一阵眩晕，往事一下子涌上她的心头。从他们还是小孩子的时候起，戴克斯说过的许多话和做过的许多事，突然改变了意义，或者说，突然合情合理了：他在车上从不帮着看路标；他在餐馆从不看菜单；他从不查电话号码，也从不记电话留言；还包括他因为拒绝参与课堂活动而惹出的所有麻烦……

黛芙娜绝对相信这是真的：她的哥哥有阅读障碍。但同时，她又不明白为什么会是这样。"但是……但是……"她结结巴巴地说。

"背诵。"戴克斯看着地板说。

"什么？"

"我把所有的东西都背下来。"戴克斯特别理解黛芙娜的困

惑。他五岁起就意识到自己有些不对劲，当时他就下定决心：他要瞒着黛芙娜以及其他所有的人，哪怕他们认为他难以理解。如果全世界的人都认为他懒惰无知，那就随他们去好了，因为看上去"不想做"总比"不能做"好得多。

"我把所有东西都背下来，"他重复道，"只要老师讲过一次，我就能记住。我在图书馆借带录音的书，其他孩子读书时，仔细地听。连露比也不知道这件事，她喜欢给我读书。但考试时你需要读你从没见过的，所以我所有的考试都考砸了。"

"戴克斯……我……我……"

"我会写一些字，"戴克斯说，他依然死死地盯着地板，"我不知道这是怎么回事，但我能写。我猜，那是因为有些字像图形一样，尤其是简单的字。遇上不会写的字，我就写得很潦草，让人看不出来。上课时，我常常假装答不上来，因为如果你该知道的都知道，每次考试却都考砸，老师们就会找你谈话了。"说到这里，戴克斯不由得打了个寒战，于是停了下来。

最后，他抬起头看着黛芙娜，眼睛湿润了。"就好像我脑子里有什么线路搭错了似的，我一看书，书上的那些字——"

后门咣当一声被撞开了。

"嗬，一定是你们！"兄妹俩听到埃米特尖叫道，"一定是你们俩！"

戴克斯跳起来，神情冷静而警觉。"嘘——"他悄声说，迅速把钱踢到床底下。自己这么镇定，他自己也感到惊奇。

"听着，"他把妹妹推进父亲的壁橱里，"只有一种办法能不让他把你带走，那就是待在这里！我有一个计划，"戴克斯并没有夸口，他的确有个计划，"我真希望爸爸马上把那本拉丁语书给拉什送过去！"

黛芙娜吓呆了。戴克斯来不及解释他的计划了，因为他们听到埃米特冲进屋里的声音了。

"等我们走了，"戴克斯低声说，"你就从微波炉里拿出词典，跟在我们后面。打开书店屋顶上的活板门，下到阁楼，但要小心。然后，朝中间那道光线爬过去，好吗？"

黛芙娜吃力地点了点头。

"你得想个办法把词典给我——给我时，分散他们的注意力，别让——"

咚咚的脚步声就在门外，戴克斯迅速关上壁橱门。他刚转过身来，埃米特便愤怒地冲进屋来。

"你！"他大叫道。他的眼镜歪到了一边，原本苍白的脸色因暴怒而变得潮红。"我的册子在哪儿？你知道把五十万本书查一遍是什么滋味吗？如果让我逮住那个……那个撒谎的东西……她就死定了！你们两个就都死定了！"

"我不知道你在说什么，埃米特。"戴克斯说。隔着壁橱门，黛芙娜觉得哥哥的声音相当镇静，这让她多少有些安心，但她还是非常紧张，下意识地把妈妈的信攥得更紧了。

"噢，是吗？"埃米特讥笑着说。黛芙娜听到一阵急促的

响动，接着便是一声可怕的咕咚声。有人摔在地上了。黛芙娜的嘴唇咬出了血。

"我不知道你在说什么。"戴克斯呻吟着说，"我说的是真的。"他的话音刚落，又传来了一阵急促的响动和一声可怕的撞击声，戴克斯痛苦地大叫起来。黛芙娜受不了任何形式的暴力，她几乎要吐出来了。

"我告诉你，埃米特，"戴克斯呻吟着说，"我根本不知道我妹妹在哪儿。我们俩合不来。"

屋内一阵沉默。

黛芙娜屏住呼吸。

"跟我走！"最后，埃米特咆哮着说。

戴克斯被揪起来时，发出了痛苦的呻吟声。黛芙娜心里一紧，听上去哥哥好像被拖了出去。

确定屋子里只剩下她一个人后，黛芙娜才从壁橱里爬出来。她摇摇晃晃地站起身，哆哆嗦嗦地把地板上的钞票塞回到床垫里，然后匆匆把床整理好。之后，她看了一眼墙上母亲的那张照片。"对不起。"她低声说，冲进厨房，在洗碗池里呕吐起来。把洗碗池冲干净后，她立刻打开微波炉，拿出那本严重变形但基本烘干的词典。然后，她深吸一口气，走出家门。

第十五章

交換

15

黛芙娜一出家门便失去了时间概念。她跑在傍午越发阴霾的天空下，眼见路旁的风景不断向后退去。

不知过了多久，ABC 书店出现了。

书店周围不见戴克斯和埃米特的踪迹，于是黛芙娜沿着通往仓库后面的水泥台阶向下走去。刚走了一半，一声尖厉刺耳的刹车声传了过来。她停住脚步。

先是车门打开又关上的声音，然后传来拉蒂的声音。黛芙娜竖起耳朵细听。她不知道戴克斯会不会山事，担心极了。

"你把书送过去后，到底回不回家？"拉蒂生气地问。

"回家。"米尔顿说。

"那我就在这儿等你。"拉蒂说，但很快她又改主意了，"不行！我得赶快去趟玩具店，今天是你的两个孩子的生日，米尔顿！"

黛芙娜蹑手蹑脚地往上走了几个台阶，朝拐角处偷偷望去。等拉蒂匆匆走了以后，她才跳出来。"爸爸！"她喊道。

第十五章 ✤ 交换

米尔顿站在车门旁，一手拿书，另一只手的拇指正焦虑地摩挲着无名指上的婚戒。当他意识到来人是黛芙娜时，惊讶极了。

"黛芙娜！"他说，"你又来这儿帮拉什先生啦？"

"我……嗯。"黛芙娜不知怎么回答才好，她把拉丁语词典藏在身后，"那本……那本书……"她指着父亲手中的书，支支吾吾地说。她知道那本书中有一个危险的咒语，无论如何她也不能让他把书送到拉什那里去。

"是的，拉什先生特别想要这本古怪的书。如果你没有其他事，我就——"

"不要去，爸爸！他会把您……"黛芙娜收住了口。戴克斯说他希望拉什拿到这本书，只是他没有说为什么。黛芙娜知道，以前她几乎误解了戴克斯的一切，但这并不等于说，他突然变成了一个可靠的人，对吧？现在是开始信任他的时候吗？经过短暂而痛苦的挣扎，黛芙娜打定了主意：现在她必须相信戴克斯。她突然想到了一个至少能让她把这本冒牌的荒谬之书放到拉什手边的办法。

"爸爸，其实我需要您的建议。"黛芙娜说，"我正要去卖我的第一本书。"她从背后拿出那本毁坏了的拉丁语词典，"我知道这本书全破了——"

"这是那本书吗？"米尔顿嚷道，一把把书夺了过去。黛芙娜被他的凶猛吓了一大跳。米尔顿翻看词典时，黛芙娜望着他那双雾蒙蒙的眼睛，意识到拉什对父亲的控制已经很深了。

当米尔顿意识到这不是那本真正的荒谬之书后，重重地叹了口气，但他没有把书还给女儿。

"嗯，爸爸，那是我的书，我想把它卖了。"

"你年龄还小，黛芙娜，"米尔顿说，"我帮你卖吧。"

黛芙娜看着父亲那双茫然的眼睛，知道争辩是毫无意义的。现在她唯一希望的是拉什同意买下这本词典。

"谢谢！"黛芙娜叹了口气。"我得走了，爸爸。"她撒谎说。她转身走开时，害怕得浑身发抖。

走出几步，黛芙娜停下来，她回过头，看着米尔顿走进书店。然后，她跑回水泥台阶再次停了下来。黛芙娜抓住生锈的栏杆，大口大口地喘着粗气，思前想后，焦虑万分。她做得对吗？现在，她急需知道戴克斯是否安全。然而父亲却让她有种不祥的预感。

突然，埃米特的声音从书店敞开的前门传了过来。"给我滚开！"他怒吼道。

又是一阵打斗声，黛芙娜的心提到了嗓子眼里。她再次沿着书店的墙边偷偷望去。这一次，她看见父亲正从书店门口跌跌撞撞地退出来。他在人行道上绊了一下，然后双腿一软、身子一扭，重重地摔在水泥地上，接着，头也撞在了地上。米尔顿大叫一声，然后没声了。

埃米特龇着牙站在米尔顿的旁边。

看到这一切，黛芙娜几乎吓瘫了。不过，令她欣慰的是，

第十五章 ✦ 交换

米尔顿微微动了动身子，并且咕哝了些什么。她拿给他的词典还在他手中，但那本拉丁语书却在埃米特手里。

"救命！"有人在尖叫。是拉蒂，"救命！快叫警察！救命！"

埃米特转过身去，想看看是谁在喊叫。不知他看到了没有，只见他仰头喊道："你爱叫谁叫谁！我们停业了！"

然后，他低头看着米尔顿，低声呵斥道："你又回来了，你肯定就是那个人。"他弯下腰，一把夺过米尔顿手中的词典，转身走进书店，砰的一声把门关上锁住了。

现在，拉蒂跪在米尔顿身旁，米尔顿则蜷成一团，嘴里不知在嘟囔些什么。黛芙娜强迫自己转回身冲下台阶。她告诉自己，她看到的一切都不是真的。

黛芙娜又为哥哥担心害怕起来。她找到靠在仓库尽头的梯子，爬上了屋顶。

活板门开着。

她想也没想便爬到梯子上。

前面一段还算顺利，但她爬到一半时，梯子发出一声悠长恐怖的嘎吱声。黛芙娜停下来，但那声音不但没有停止，反而越来越大了——梯子本来紧贴在墙面上，但把梯子固定在墙上的东西或许早已坏了——直到梯子右侧与墙面分离。然后梯子以左侧为轴，开始慢慢向外旋转。黛芙娜绝望地抓紧梯子，尽量不动，甚至屏住呼吸，但梯子又转了回去。就这样，梯子慢慢地转过来转过去，最后在与墙面垂直的位置停了下来。黛芙娜别无选择，只能硬着头皮往下爬。

只要轻轻动一下，梯子就会发出这样或那样的嘎吱声，黛芙娜的一只脚总算踏在了阁楼的地板上，但她刚要放下另一只脚时，梯子整个儿倒了下来。尽管梯子很沉，但黛芙娜设法接住了梯子，并把它横放在地板上。

现在她出不去了，但这个问题她同样顾不上考虑。她本能地往地板上一趴，被扬起的灰尘呛得咳嗽了一声。然后，黛芙娜瞄准那道微弱的光线，向书店中央爬去。

日渐破败的阁楼几近朽烂，黛芙娜忍受着令人窒息的腐败气味，毫不犹豫地往前爬去。不一会儿，阁楼的边缘便依稀可见了。一个愤怒的声音从她的左下方传了过来，她顺着声音向左边爬去，很快便爬到了那个声音的正上方。是拉什！他正在跟坐在桌子对面的戴克斯说话。黛芙娜松了一口气，但她很快意识到，现在她到了这里，却根本不知道下一步她应该怎么办。

"这是最后一次，小伙子。"拉什警告他，"我可没那么大的耐心！读这一页！"戴克斯坐在她上次坐过的那把椅子上。一本打开的书放在戴克斯的面前，就像上次一样，拉什抓着书的两侧。两根新蜡烛在戴克斯的手肘旁燃烧着。戴克斯没有读，其中的原因黛芙娜当然知道。戴克斯用手指堵住耳朵，焦急地望了阁楼一眼。显然，他在等她。

等我做什么呢？黛芙娜紧紧抓着地板，感觉神经就要崩溃

第十五章  交换

了。一个木片被她抠了下来，她盯着木片看了一会儿，心想，好极了。然后，她把木片朝戴克斯掷去。木片从戴克斯手肘上弹了出去。戴克斯不动声色地微微点了点头。

"够了——埃米特！"拉什把拐杖摔在桌子上面，怒吼道，"埃米特，你这个笨蛋！到这儿来！"

埃米特不知从什么地方过来了，嘴里还一直喊着什么。直到他到了小办公室的近前，黛芙娜才听清楚他在喊："我找到那本书了！我找到那本书了！"这时候，黛芙娜才发现，拉什的六边形小办公室根本没有入口了。六面书架把小办公室完全封闭起来了。

拉什低声说了一个咒语，书架转开，埃米特进来了。他又低声说了一个咒语，书架又合上了。想到拉什可能还会其他咒语，黛芙娜不禁打了个寒战。

"我知道你找到那本书了，你这个蠢货！"拉什愤愤地说，"你先拿着它，我一会儿要用。但首先，我必须解决一个问题。不知道为什么，戴克斯好像对我的话没有反应——这真让我开眼，更让我讨厌！我的咒语似乎——哈，现在我明白了，真聪明。"他叹了口气，"埃米特，请把戴克斯的手指从他耳朵上拿下来。"

戴克斯不需要听到这句话，也能判断出这个新情况。他自己把手放了下来。

"戴克斯特·匹克斯，你这个淘气的家伙，"拉什不无嘲讽

地斥责道，"你和你妹妹根本不值得我这么费事。也许我应该放弃一般的规劝，采取更为传统的做法。埃米特，下次瓦克斯先生拒绝合作时，请打断他的八个手指。留下那两个大拇指，以后我们可能用得着。"

"是，先生！"埃米特保证道，"那人应该是他，对吧？"黛芙娜倒抽了一口凉气，所幸没有人听见。"噢，我也拿到这个了。"埃米特把毁坏了的拉丁语词典放在桌上，补充说。

尽管黛芙娜感到浑身发冷，她也容许自己松了口气。词典就在那里！词典和荒谬之书都在那里。现在，戴克斯到底想要怎么做呢？

拉什摸了摸那本毁坏了的拉丁语词典，拿在手中，似乎被迷住了。但摸索了几页之后，他把词典扔到了地上。

"你父亲还想跟我要小花招，"拉什说，"那个可怜的家伙开始不信任我了。亏他想得出！"他可怕地大笑了几声，"当然，这不是他的错，他几乎不知道自己在做什么。现在，戴克斯特，"拉什回到眼前的话题上，"你将很快跟我离开这里。但是首先，我需要用用你的眼睛。多亏了你的那个傻瓜父亲，你的眼睛将归我所有。埃米特，尽快把那本 *Videre Per Alterum* 看一遍，然后，找到那个该死的咒语。一找到，戴克斯特就可以读书了。"

黛芙娜几乎叫出声来。戴克斯在想什么啊？拉什当然会让他读荒谬之书的。假如他告诉拉什他不能阅读，拉什也不可能相信。到那时，恐怕拉什早忘了打断他手指的话，而直接让埃米特扭断他的脖子——然后下一个就是她了，而她就在这里，无路可逃！

此时此刻，戴克斯的阅读障碍真的能起到什么作用吗？

埃米特开始翻看那本拉丁语书的时候，黛芙娜感到自己的脑子几乎不转了。戴克斯做事从来不认真考虑，把册子扔掉就是一个例子。她真该自己过来，把他留在壁橱里！

等等！她应该分散他们的注意力。

"就是这个！"拉什叫道，"停！"

黛芙娜一阵恐慌。分散注意力！但是趴在十吨灰尘里，她能做什么呢？

灰尘！

黛芙娜捧起一把灰尘，扔到拉什身上。

"这是什么？"拉什一边擦着脑袋和胡子，一边大声地问。

黛芙娜把更多的灰尘从阁楼边上扫下去，灰尘像脏雪一样落在拉什的头上。拉什挥动双手遮挡着。

"埃米特，你这个白痴！"他吼道，"阁楼！"

埃米特眯起眼睛向上望去。

灰尘继续落下来，拉什挥舞着两只枯瘦的胳膊。

戴克斯知道机会到了，他倾身向前，合上拉什的那本珍贵但一时无人看管的荒谬之书，把书放进运动衫超大的前兜里。

黛芙娜的灰尘风暴更加猛烈了。她把灰尘拼命地扫下去，倾盆的灰尘一阵接一阵地落到拉什的小办公室里。戴克斯忍着伤痛，慢慢弯下身，捡起地上的拉丁语词典。

然后，他坐回去，把词典放在膝上。

"是那个女孩！"拉什咆哮道。

"是她！"

"把她弄下来！弄到这里来！"

黛芙娜停了下来。

"够了！"拉什说，"黛芙娜，马上下来，否则我就让埃米特把你哥哥的脑袋拧下来！"

"不要伤害他！我就下来！"

"不要下来！"戴克斯喊道，但黛芙娜没有理会。她转过身，顺着阁楼边缘放下脚，踩在距阁楼一英尺左右的书架顶上。当她坐在书架上考虑下一步该怎么办时，埃米特一把抓住她的脚踝把她拽了下来，然后把她推搡到戴克斯旁边的椅子上。

"抓住她了，"埃米特说，"请把她给——"

"好极了，孩子。"拉什打断他的话，"我相信，你盼望的那一刻马上就要到了。"

埃米特激动得似乎只剩下傻笑了，黛芙娜抓住这个时机。"你们在犯一个大错误。"她警告他们。这个赌注风险很大，但这也许是他们唯一的赌注了。戴克斯的计划注定要失败了，不管那计划是什么。

第十五章 ✦ 交换

"是吗，瓦克斯小姐？"拉什用扭曲变形的手指捋了捋沾满灰尘的胡须，"说说看。"

"埃米特连只苍蝇也不会伤害。"黛芙娜说，"他知道你一直在给他催眠，他也知道你绑架了他。他还知道他曾经有个大家庭，有许多兄弟姊妹。"

拉什听了，又是一阵大笑。

"瓦克斯家的双胞胎！"他哑着嗓子说，"你们逗死我了！你们这两个自负的小傻瓜！你们知道什么？像你说的，催眠他们中的哪一个，从来就没那个必要。我在那里特意选了看上去最笨的——够了！"

"太晚了，阿斯忒里俄斯，"黛芙娜继续施加压力，"我们已经给警察打了电话，把这一切都告诉了他们。"

"令人激动，"拉什说，"但你的胡话我已经听够了。"

"我妈妈不是别的组员，"黛芙娜哀号道，"她是索菲亚·罗格斯！"

这句话似乎让拉什停顿了一下，他脸上一时露出茫然若失的神情，但接着他笑了。"当然是她了！"他大笑着说，"真是太有诗意了！"说完，他转向埃米特，"我的确还需要你的帮助，我的孩子。埃米特！"

"在！先生。"埃米特脱口说道，好像他刚把心思从很远的地方收了回来。

"埃米特，你马上就如愿以偿了。我只需要两只新眼睛，

我们这里却有四只。多了也是麻烦！假如这就是我那本珍贵的书，你觉得哪双眼睛比较耐用，能为我把这书看上一辈子呢？如果搞错了，我将不得不对原来的计划做出重大的修改。"

恐惧吞没了兄妹俩。那些话拉什刚才真的说了吗？埃米特不假思索地说："让他读！"

"好的。"拉什激动得浑身发抖，他伸出瘦骨嶙峋的双手，哆哆嗦嗦地在桌面上摸索起来。

"书在我这里，拉什先生，"戴克斯迅速举起书，接着又更加迅速地把书放回膝上，"我已经准备好给您读书了。"

黛芙娜看着戴克斯，好像他疯了一样。

"已经预见到了我的需求！"拉什喊道，"埃米特——做得好！非常好，年轻人，"拉什对戴克斯说，"现在，如果你不介意的话，请试读一下。"他坐回到椅子上，好像准备舒舒服服地看场表演似的，"第一页就可以。第一行。古老、美好的咒语。"

戴克斯拿起书时，黛芙娜吓得闭上了眼睛。她敢肯定，她和戴克斯都会被杀死的。但接着，她听见戴克斯读道："苏抽——依本——拉尼可——埃索——那达斯——色萨——呃尔。"然后，他停了下来。黛芙娜睁开眼睛，完全糊涂了。刚才发生了什么事？戴克斯是没办法阅读的，而且他读的也不是那本真正的荒谬之书啊！

但很快她便恍然大悟。戴克斯的记性那么好，他一定预料到了事情会走到这一步的。

"继续！"拉什命令道，"继续！"

"我……我读不下去了，"戴克斯说，"这些词语，它们……它们……"

"它们怎么啦？怎么啦？"

"它们在动！"

拉什的整张脸都哆嗦起来。"埃米特！"他叫道，"读那个咒语！在 *Videre Per Alterum* 那本书里，就在那一页，最后一行。埃米特！"

埃米特低头去看手中的书。"好的，"他终于回答道，"在哪儿？"

"你这个傻瓜！"拉什厉声说，"算了，把书给那个女孩！不管怎样，她参与进来才合适。"

埃米特把书递给黛芙娜，嘴唇冷冷地抿成了一条线。

"想一想，如果你们两个没有偷走我的册子，这些可笑的事情根本就不会发生。"拉什叹了口气，"但是，话又说回来，如果不是这样，我们还会这么开心吗？请把最后一行读给我听。前面几个词语就足以唤醒我的记忆了。"

黛芙娜犹豫了。如果她把拉什需要的咒语读了出来，那他就能通过戴克斯的眼睛看见东西了，而他只需两秒便可发现戴克斯只是在假装读那本荒谬之书。然后，过不了两秒，他们两个便必死无疑。她瞥了戴克斯一眼，看见他微微地但郑重地点了点头。现在她没办法不信任他了。黛芙娜开始读起来，第

一部分听上去像是三个汉字。

她刚读到这里，拉什便激动起来。"当然！"他咕哝着说，"当然！现在我想起来了，谢谢你。埃米特，把书拿回去。"黛芙娜把书还给埃米特时，拉什已经用那双死鱼般冷酷的眼睛盯着戴克斯，开始吟诵她刚读过的那些词语。除此之外，他还加上了一串发音相似的词语。

一阵沉默之后，拉什、埃米特和戴克斯都揉起眼睛来。

拉什把手放下，冲戴克斯眨眨眼睛，戴克斯也同样冲他眨眨眼睛。拉什咧嘴一笑，露出一嘴烂牙来。"我再也不是那个英俊的魔鬼了，我知道。"他大笑着说。

黛芙娜意识到，现在拉什正通过戴克斯的眼睛看着他自己。

如此看来，那句咒语起作用了！

"看书，戴克斯特！"拉什命令道。

"不要看！"黛芙娜再也看不下去了。她刚要站起来，站在她身后的埃米特突然伸出虎钳般的双手，按住了她的肩膀。

戴克斯朝着手中那本打开的书，慢慢垂下目光。

第十六章

书山火海

"把书给我！"拉什尖叫着说。他挣扎着站起来，兴奋无比。

戴克斯把书递给他。

黛芙娜不明白这是怎么回事。但这是不可能的。

"就是这本书！"拉什兴高采烈地说，"我终于找到它了！"就像斗剑士举起败敌的头颅一样，他举起那本书，在桌子后面跳起了欢快的老年舞。他那扭曲的笑容让整张脸都变了形。

黛芙娜冲戴克斯瞪大了眼睛。戴克斯也冲她瞪大眼睛，并示意她不要轻举妄动。是啊，除了这个，他还能干什么？他的计划彻底完了。

拉什终于停止庆功，重新坐了下来。"你真让我高兴，戴克斯特，"他气喘吁吁地说，"因此我一定会选你的。我们该走了。如果你幸运的话，从这本书里找到我想要的东西不会花上你一辈子的时间的。你还有很多年，而我的时间也还没有到头！"拉什靠在椅背上，好像刚刚吃了一顿丰盛的宴席似的。

第十六章 书山火海

"你们会注意到，亲爱的孩子们，"他说，"我并非全无感情。戴克斯不必看了，这可能会留下创伤。"

拉什转向他的前任助手，用双死鱼般的眼睛看了他好一会儿。终于，他用嘶哑刺耳的声音说："埃米特，我的孩子，你的时间终于到了。请把瓦克斯小姐带出办公室勒死，然后去找辆卡车来。我们要马上离开这里。"

没等拉什说完，黛芙娜便昏死过去。埃米特松开她的肩膀，任由她像个浸透水的破布娃娃一样倒在地板上。

戴克斯扑向埃米特，但他很快也倒在地上，不但嘴唇破了，还青了一只眼睛。躺在他旁边的黛芙娜已经苏醒过来了。戴克斯想对妹妹说点儿什么，随便什么都可以，但他满嘴是血，什么也说不出来。

黛芙娜被拖了起来。"不——！"她哀求道。戴克斯的脑子昏沉极了，连黛芙娜在哪儿也不知道了。

拉什咕哝了一声。

书架转开了。

"求你啦，不要！"黛芙娜哀求道。

拉什又咕哝了一声，书架又合上了。

戴克斯挣扎着坐起来。他感到天旋地转。他听见妹妹乞求饶命的声音。

"只剩下我们两个了。"阿斯忒里俄斯·拉什轻声说。接着他咕哝了一个咒语，然后说，"请坐，戴克斯特，不要再为你妹妹担心了。"

戴克斯本想用手指堵住耳朵，但他不仅没有力气，而且突然也没有这个愿望了。他手脚并用地爬起来，吃力地坐回到椅子上。

"你是我的仆人，"拉什轻声说，"我是你的主人。你认为怎样？"

"好的，拉什先生。"戴克斯说。他说的是真心话。

"好极了！你准备好跟我走了吗？"

"准备好了，拉什先生。"

"那好。我们再等埃米特一分钟，然后我们将——"

"孤儿院！"戴克斯听见妹妹尖叫道，"他是在那儿领养的你！拉什是从孤儿院带走你的！那就是那个许多男孩儿和女孩儿都对你好的地方！那不是梦！"

然后，一阵寂静，小办公室内外一片死寂。

最后，拉什站起来。"埃米特！"他喊道，"那个女孩儿死了吗？"

回答他的是更多的寂静。

接着，有东西猛地撞在了小办公室的墙上，整面书架摇晃起来。

"埃米特！"拉什咆哮道，但回答他的却是又一声可怕的撞击声，书架晃动起来。拉什的脸因暴怒和困惑扭曲了。他把书按在胸前，喊道："埃米特！"

第十六章 ✦ 书山火海

一声巨响！一个东西以惊人的力量猛地撞在书架上。这一次，又一面书架不祥地晃动起来。

什么人或者什么东西，正在试图闯进来。拉什尖声喊出咒语，晃动的书架稳住了。

又是一声巨响！

另一面书架也晃动起来。拉什再次尖声喊出那个咒语，这面书架也稳住了。戴克斯自始至终一动不动地坐在椅子上，尽管精神恍惚，他却感觉好极了。

一声痛苦的哀号穿透了小办公室，接着又是一声巨响。拉什正后方的那面书架摇摇晃晃地向前倾斜下来，马上就要倒了！

拉什冲着那面书架尖声喊出咒语，但为时已晚。他刚从座位上扑出去，整面书架便倒在了桌子上。

书架上的书随即四散飞向空中。然而，戴克斯依旧平静地坐在椅子上，一点儿也不担心。幸运的是，他也丝毫没有受伤。无意中，戴克斯注意到，埃米特站在倒塌的书架旁，正准备去撞另一面书架。虽然没有看见黛芙娜，戴克斯却并不为她担心。

"啊——！"埃米特大叫一声，用身体撞向那面书架，书架轻易便被他撞倒了。

"快跑，孩子！"拉什命令道，"否则你就没命了！"戴克斯从椅子上扑出去，他刚爬到拉什的桌子下面，第二面书架倒

了下来。

"啊——！"埃米特又是一声大叫。

又是一声巨响！

第四面书架倒了下来。

到处都是书。现在似乎还有烟。戴克斯的确闻到了烟味。

着火了！

拉什的蜡烛把书引燃了。破旧的古书散落在四处，火势蔓延开来。

戴克斯踢开桌子下面的残书，冲出小办公室。火势为什么蔓延得这么快？所有书都好像在自燃一样。翻滚的浓烟弥漫开来，呛得他几乎喘不上气来。但是，他必须找到他的主人。

即使没有特殊情况，戴克斯通常也会很快迷路，何况在这样的浓烟烈火之中了。一道道火墙迫使他从一个过道转向另一个过道。他几乎喘不上气来，盲目地在过道里踉跄着，不时撞在书架上，把书撞落一地。他在一个拐角处绊了一脚，整个人飞出去，然后平趴着摔在了地上。一股热气从他口中喷涌而出，他觉得自己的肺都要摔烂了，蜷缩在地板上拼命喘息着。太难受了，太疼了。但慢慢地，他又恢复了呼吸。

戴克斯下意识地跪坐起来，浓烟烈火不见了。他在外面，在公园的那条小路上，背靠着一棵大树。一群孩子围着他站在那里，正对他指指点点，大笑不已。戴克斯向一个古怪的红发男孩儿猛扑过去——那里真的有一个男孩儿吗？他扑了个空，

第十六章 ✦ 书山火海

一头栽在地上。他顺手抓起一块大石头，站了起来。但那不是石头，而是一本书。他把书扔了出去。埃米特在那里，他在干什么？他在自言自语，在用肩膀撞向一面书架。但是，公园里是没有书架的。接着，埃米特便消失在云雾之中。公园什么时候变得这样雾气蒙蒙了？

戴克斯又蹒跚地走起来。他艰难地喘息着，他迷路了，他无可救药地迷路了。尽管脚步踉跄，他却打起精神呼唤他的主人："拉什先生！拉什先生！"

太热了，热得离谱。一片混乱！戴克斯的眼睛火辣辣地疼。他喉咙焦干，几乎无法呼吸。到处都是燃烧的书，到处都是。他在哪里？"拉什先生！拉什先生！"

戴克斯蹲在地上，几乎窒息过去。

一双手抓住他，把他拉了起来。他无法看见，无法思考。他被人拖着，左转一下，右转一下。事情突如其来，让他难以理解。门口！外面！空气！在那双手的催促引领下，戴克斯磕磕绊绊地穿过街道，然后瘫倒在人行道上，剧烈地咳嗽起来。他咳得那么厉害，感觉就要把肺咳出来了。警笛在远处回响着。

"戴克斯！"

是黛芙娜。她头发蓬乱，脸熏得黢黑。现在她也瘫倒在地上。倚在一起的兄妹俩干呕起来。戴克斯感觉好点儿后，吃力地站起来，但他刚喊了一声"拉什先生"，便又瘫倒在地上。

"戴克斯！"黛芙娜盯着他那双蒙着一层雾气的眼睛说，"他对你下了咒语！他说你要跟他一起走！去做他的新助手！"

　　戴克斯困惑地眨眨眼睛。

　　"埃米特！"黛芙娜哽咽着说，"我猜出来了！拉什说漏了嘴！"黛芙娜一阵咳嗽。接着，她一边喘息一边解释说，"拉什说，他所有的助手都是他挑选的，他说这话的样子让我想到，那些孩子可能都是他从孤儿院里弄来的。埃米特告诉过我，以前有许多男孩儿女孩儿都对他好，但拉什告诉他那是个梦。我猜对了！埃米特想了起来！

　　"拉什不必给他催眠。我是说，假如你从小就告诉一个孩子，他是个没脑子的动物，他想杀人——这几乎跟催眠一样，对吧？你看！"

　　戴克斯似乎还没有完全听明白，他回头看了看 ABC 书店。拉什不知用了什么方法，也从书店出来了。尽管他在剧烈地干咳着，看上去却没有受伤。他那白胡子几乎变成了黑胡子，烧焦的长袍上冒着烟。他身后的书店已是一片火海。

　　拉什疯狂地四处张望着，但很快通过戴克斯的眼睛看到了自己。"谢谢你给我指路！"他喊道，一边拍打着长袍，一边发疯似的大笑着。他举起那本珍贵的书，挥了挥。"我想要的都拿到了，瓦克斯家的俩傻瓜！你们不可能躲开我，戴克斯，除非你愿意把自己的眼睛抠下来！无论你走到哪里，我都能——"

拉什的眼睛猛地瞪大了。一双被火焰吞噬的手臂从身后抱住了他。是埃米特——燃烧着的埃米特。火苗在他全身盘旋升腾，他跟在拉什后面走出书店——如同人形烈焰一般——死死地抱住他的前主人。

拉什尖声大叫起来。埃米特像拎一个学步儿童似的，一把把他拎起来，转身步入面目全非的书店。几秒之后，书店的前半部分坍塌下来。

黛芙娜看到哥哥的眼睛变清亮了。"你怎么出来的？"她问。

"我拿到了那本书！"戴克斯说着，从运动衣口袋里掏出那本荒谬之书。

"我们应该拿它怎么办？"

"问露比！她应该知道怎么办！"

"快去找她！"黛芙娜说，"我得去看看爸爸怎么样了。我觉得他可能在医院里。"

戴克斯担心地点点头，头昏脑涨地站起身，但没过多久，他便恢复过来了。随后，他便以最快的速度向摩特诺玛康疗院跑去。

第十七章

信件与数字

尽管担心爸爸，黛芙娜不得不再在人行道上多坐了一会儿。她感到恶心，埃米特差点儿没把她掐死。他那双汗津津的大手当时就在她的脖子那儿，充满期待地颤抖着。

"你死定了，小妞儿。"在准备杀死她时，埃米特低着嗓子说。若不是埃米特为了更好地掐住她的脖子而换了换手的话，她肯定早被他掐死了。

她差点儿死了！这意味着什么？

现在，警笛声越来越近了。黛芙娜站起身，强打着精神向家中跑去。几辆救险车从她身边开过去后，她再也撑不住了。她拐进一条小巷，靠墙坐下，彻底崩溃了。在过去的二十四小时里，她哭了多少次呀！但这次不一样。泪水夺眶而出，她以前从来没有这样哭过。那天晚饭后的发作也不过是小孩子使性子罢了。即使因为雷恩和蒂尔而掉的眼泪也没有现在多。她意识到，现在她不是在哭，而是在哀悼。她从来不知道心底有这样一个地方：一个直面死亡、直面自己死亡的地方。这是成年

第十七章 ✤ 信件与数字

人心中才有的地方。

　　带着满脸的灰尘、烟渍和道道泪痕，黛芙娜深深地叹了口气。她得去看看爸爸。她要告诉他，她爱他。

　　黛芙娜把手伸进口袋，想找张面巾纸，却摸到了母亲的那封信。她还没把信看完呢，她怎么把这事全忘了！她展开信，跳到未读的部分。

　　关于我、关于这本书，故事很长很长。我多么希望能够亲口告诉你们这些！我无法想象没有我在你们身旁，你们将如何找到真相。但我深信，你们能够做到。

　　今天，你们十三岁了。在这之前，如果我遭到不测，你们的爸爸会在今天把信交给你们。用这一年去寻找，查明原初语的故事，了解词语大战，尽情享受"八人小组"的胜利吧。只要做了这些事情，将来你们无论遇到什么，就都能够应对了。

　　还有一件事，孩子们。如果你们知道了我的真实身份，求你们不要告诉爸爸，因为这会让他更难把我放下。我最不愿意见到的，就是你们的爸爸将余生花在寻找鬼魂和已经失去的事物上。人生苦短，无论你能活多久。

　　　　　　　　　　　　　　　　　　　永远爱你们的妈妈

　　黛芙娜仔细地把信折好，放回了口袋。现在，她不再哭了。

她觉得好像被一群蜜蜂蜇着似的，感到浑身刺痛。她深深地感到羞愧。在家里，每当她看到照片上妈妈那张布满皱纹的脸，她总是那么失望；在学校里，她总是以妈妈去世了为借口，装作很难写出和妈妈有关的文章。黛芙娜突然看清了自己的真面目：一个浅薄、无知又自私的女孩儿。

"黛芙娜！"

有人在喊她。

"黛芙娜！你在哪儿？"

是拉蒂。拉蒂就在附近。黛芙娜蹲下身，她不想被拉蒂看到。

"你爸爸让救护车送医院去了！他不会有事的！你在哪儿？他告诉我你在这儿！你们没事吧？黛芙娜？戴克斯特？"拉蒂不停地喊着他们的名字，但她的声音不一会儿便消失了。

得知爸爸没有危险，黛芙娜松了口气。那个可怜的人！他根本不知道发生了什么事！他根本不了解自己的妻子！他根本不知道原初语、词语大战和——等等！

黛芙娜再次从口袋里掏出那封信，急急忙忙地打开。她快速浏览到其中一行字：**查明原初语的故事，了解词语大战，尽情享受"八人小组"的胜利吧。**

"糟了！"黛芙娜大声喊道，一下子跳起身来。这次，她记住了一个重要的细节。父亲的事得等一等了。

黛芙娜沿着人行道向前跑去。她跑得那么专心，根本没有

第十七章 ✤ 信件与数字

听见拉蒂在尖声喊她的名字。

　　五分钟后，黛芙娜气喘吁吁地闯进了康疗院的大厅。幸运的是，伊芙琳·伊敦不在那里，黛芙娜现在不愿为了任何人或者任何事耽误时间。因为她现在看上去糟透了，万一有人问她，她根本不知道该怎么解释。更幸运的是，电梯门开着。黛芙娜冲进电梯，按下按钮，恨不得能让电梯门立刻关上。电梯运行到三楼的时间漫长极了。"戴克斯！"她冲着冷漠的电梯门痛苦地呼喊。三楼终于到了。没等电梯门完全打开，黛芙娜便挤了出去，沿着走廊一路跑过去。

　　306 房间的房门紧锁着。

　　"戴克斯特！"黛芙娜使劲拧着门把手，喊道。她重重地敲了敲房门，"戴克斯特！不要把书给她！"她把耳朵贴在门上，但什么也没听到，当然这有可能是因为她的血液正冲向头顶的缘故。"不要把书给她！"她哀叫道，"是'八人小组'！是'八人小组'打败了拉什和他的追随者！不要把书给她，戴克斯！"

　　"黛芙娜？"

　　有人在走廊尽头喊她。她慌乱地转过身去，原来是丢克廉太太。丢克廉太太和勃格米尔先生站在休息室的门外，手里拿着扑克牌。

　　"你回来了？"丢克廉太太问。她眯起眼睛看着黛芙娜，可能站得太远了，她不太确定，黛芙娜怎么会是这样一副蓬头垢面的样子。

黛芙娜没有回答，她转身继续敲门。"戴克斯！戴克斯！"

"黛芙娜，亲爱的！怎么啦？"是坤燕太太，她也从休息室出来了。

"戴克斯！不要给她，戴克斯！只有八个人！她跟他是一伙的！"

一群小矮人慢慢从走廊过来了。黛芙娜绝望地看看他们，然后又看着那扇令她恼火的房门。噢，她为什么要和这些烦人的小矮人有来往呢！

"黛芙娜！你还病着呢！"

在最前面的小矮人距离黛芙娜只有一两步远时，306 的房门突然开了，她被人一把拽了进去。

房门砰的一声在她身后关上了。

是露比。露比虽然是个老太太，力量却大得惊人。她扭着黛芙娜的胳膊，强迫她在沙发上坐下。戴克斯也坐在那里，他脸色煞白，双手在腿上哆嗦着。黛芙娜立刻明白了其中的原因：露比拿着一把她在警匪片里见过的大号旧式左轮手枪。除此之外，她还拿着那本书。

"你这个讨厌的东西，又闯进来打扰我们！"露比呵斥道，她那种热情愉快的声音不见了，那种亲切友好的神情也从皱纹密布的脸上消失了，"跟上次一样，我和你哥哥正谈在兴头上。我早就知道，如果他拿到了这本书，他一定会给我送来的。他的确这样做了，这个小可爱，他立刻把书给了我。"

"她一直对我说，除了她以外不要相信任何人，"戴克斯抱怨道，"连家里人也不要相信。她至少跟我说过一百遍。"

露比笑了。"难道你母亲没教过你，不要相信陌生人的话吗？噢，没教过——我猜她从来没有过这个机会。"

"拉什死了。"黛芙娜大声说，她希望这个消息能把露比打个措手不及。

"这我知道，他死了更好！"露比的回答让黛芙娜大吃一惊，"那个老傻瓜永远不会明白，想得到你要的东西，公开作战可不是最佳的方法。"

兄妹俩彼此看了一眼，意识到他们多么彻底地上当受骗了。

"你以为自己很聪明，小姑娘。"露比说，"阿斯忒里俄斯从一开始就难以管教。首先，他被你母亲读出了心思，这差点儿毁了一切。然后，他把这本珍贵的书扔下了悬崖！男人都是这样的白痴——包括在座的这位。"她冲戴克斯眨眨眼睛，补充说。

兄妹俩没有搭话，但显然露比也没有交谈的意思。

"我告诉你们我在监视阿斯忒里俄斯，这是实情。"她说，"我跟踪他好多个世纪了。他也许鲁莽愚蠢，却毕竟是个不屈不挠的人。我认为我最好的赌注就是让他找到书，然后，要么再次与他合作，要么设法把书拿走。因此，他一搬到这里，我也搬了过来。后来，我发现他命令那个讨厌的男孩儿监视的人原来是你们两个，我立刻明白你们是谁的孩子了。我决定把你们一一招募过来。我首先选了戴克斯，因为没有谁比一个因为世界的残酷不公而愤愤不平的男孩儿更容易操纵了。"她大笑着说。

戴克斯气得脸都红了。

"阿斯忒里俄斯的另一个问题是，"露比补充说，"他从不明白他应该尽可能地从多个角度行动。戴克斯，作为你的老辅导教师，我给你一个小小的建议：亲近你的朋友，但更要亲近你的敌人！不管是你父亲拿到了书，还是阿斯忒里俄斯拿到了书，还是你从你父亲或阿斯忒里俄斯那里拿到了书——我都知道我早晚会得到它！但你们不必担心，等我学会了原初语，天下将一片太平。我和阿斯忒里俄斯一直都是这样打算的。一旦由我统治，世界上的每个人都将严格按照我的命令行动——并且对我感恩戴德。那的确是人间天堂！"

戴克斯和黛芙娜张大了嘴巴，但他们什么话也说不出来。然而，露比的话还没有讲完。

"在这个故事中，我们在一起的那一小部分，本来可以有一个圆满的结局。"她继续说道，"我们本来可以举行一个小小的仪式。在这个仪式上，我可以烧掉一本酷似这本书的书，祝贺你们两个为世界做了一件大事，然后消失在夜里，享受一个轻松的假期，读读这本书！但这不可能了！你们已经毁掉了这

第十七章 ❖ 信件与数字

个可能性。我决不能放你们出去，免得你们再来找我，给我耍阴谋诡计！你们的母亲就一贯如此！

"你们已经迫使我进入公开的战争。当露比·沙尔拉赫被迫进入公开战争时，问题会解决得既迅速又利落。我们走！我们去一个隐蔽的地方。戴克斯，你好像有一个绝好的地点。我们就去你在森林中的那个小小的藏身之地。"

第十八章

谋杀之谜

18

露比拿起电话,拨了一个电话号码。"伊芙琳!"露比说,听起来她又像是一个和善的老太太了,"下面还有班车吗?有?好极了。今天我和瓦克斯家的双胞胎在一起。噢,是的,戴克斯也在这里。一定的,我会替你问好的。你得走了,他会理解的。我们想去加布里埃尔公园来一场小小的郊游。是的,天气,是这样的,事实上我们正盼着下雨呢。戴克斯想展示一下童子军的风采和别的什么。太好了,他能顺路把我们带过去吗?噢,就一个小时。太好了!我们这就下去。"露比把书和手枪放进手提包里,然后挥手示意兄妹俩到门口来。

"孩子们,"她说,"就像他们说的,错一步,你们就都死定了。我是神枪手。"

现在,黛芙娜和戴克斯已经呆若木鸡了。一个人能在同一天内应对几次谋杀呢?他们站起来,乖乖地来到门口。

但一到走廊,黛芙娜的希望又被点燃了。丢克廉太太、勃格米尔先生、西那先生和泰皮太太就在那里,可以说就在门外。

其他三个小矮人则在不远处转来转去，看上去仍是那副傻傻的样子。黛芙娜感到很内疚，刚才她还希望他们走开呢。看到他们那一张张单纯的脸，她从来没有像现在这样高兴过。不过，看到这群碍手碍脚的人，露比恼火极了。

"黛芙娜！"泰皮太太说，"我听说你回来了。怎么回事？看你们俩！你们看上去糟透了！出什么事了？打架啦？你刚才还在喊。"

"啊——嗯——其实，我们——"黛芙娜不知道该说什么，也不知道该怎么做。她真想扑向这群小矮人求援，但露比恶毒的神情让她至少暂时打消了这个念头。"他们看上去的确挺吓人的。"露比愉快地说，好像兄妹俩身上的瘀伤和血污只是一场年轻人热衷的表演而已。

"你们知道小孩子做起游戏来多么认真。"露比补充说，"我们在玩一种叫'谋杀之谜'的游戏。参加的人必须把自己的角色表演出来。你们能相信吗？他们刚在公园里挖出一具尸体，要带我去辨认一下。"露比好脾气地耸了耸肩，好像在说，除了惯着这么古怪的孩子，她还能怎么办呢？

就在小矮人们听露比说话的时候，黛芙娜把乞求的目光投向他们每一个人。显然，露比发现了这个情况，她掏出手枪，对准了黛芙娜。"我本想到公园后再告诉他们我的角色其实是双面杀手，但这太有趣了，我都等不及了。"

小矮人们看上去吃了一惊，但接着，勃格米尔先生咧嘴一笑。"我太想玩这个游戏了！"他的脸色亮起来，"您是沙尔拉赫女士，对吧？我听说过这些游戏！如今他们还有游轮谋杀的游戏呢！"

"我也想玩！"泰皮太太说。所有的小矮人都主动要求参与到这个游戏中来。

戴克斯和黛芙娜彼此看了一眼，两人的想法不谋而合：如果他们能够待在这么一大群人中，就有可能逃生。但露比看上去却恨不得把那几个小矮人全部当场打死。

"不行，"露比说，"把你们都拖到森林里我觉得不合适。"

"噢，但我们愿意！"坤燕太太提出抗议，"这么多年了，这里连称得上有这个一半好玩的事情都没发生过！既然我们知道您是双面杀手了，我们得保护这两个可怜无辜的孩子！"

"那当然。"露比咬牙切齿地让步了。

露比同意后，小矮人们拖着步子回房取帽子和外套。他们刚一离开，露比便迅速按下电梯按钮，她显然想甩开他们，但电梯并没有立刻上来。等电梯门打开时，住在走廊对面的狄凡先生出来了。他为其他小矮人按住按钮，等他们蹒跚地走过来。

所有人都到齐后，西那先生看着黛芙娜说："我们都等不及下一本书了，你打算给我们读哪本？我们太想知道啦！"

"我希望是《谋杀之谜》！"勃格米尔先生大笑着说。

黛芙娜勉强笑了笑。以她目前的状态，要她讲话几乎是不可能的。

第十八章 ✦ 谋杀之谜

　　在去公园的路上，小矮人们热切地闲聊着。他们聊这聊那，但大部分是跟戴克斯聊天。他们询问他生活的方方面面，并表示很想见见他的父亲，这样他们就认识他们一家人了。戴克斯和黛芙娜尽力回答着，好让大家聊下去。小矮人们也想让露比一块儿聊聊，但露比什么话也没有说。

　　班车在公园旁边的一个小停车场停了下来。露比在过道里站起来时，兄妹俩惊恐极了。

　　没等其他人站起身，黛芙娜便跳起来，大叫道："这不是游戏！她真的是杀手！那把手枪是真的！"

　　"什么？怎么回事！"班车司机转过身，一脸惊慌地问。

　　"你们得救救我们！"戴克斯喊道，"她是——！"但此时露比已举枪对准了他的心脏。

　　司机尖叫起来，小矮人们却都偷偷笑了。其中一个假装惊恐地叫道："噢——！"

　　"不要担心！"乑克廉太太冲司机喊道，"我们在玩'谋杀之谜'游戏！你看他们把妆化得——绝对一流！"

　　"下车！否则现在就让你们死在这里！"露比对兄妹俩说。

　　两人顺从地下了车。小矮人们觉得这更有趣了，也跟着下了车。司机摇了摇头，关上车门把车开走了，留下他们一群人站在公园的主路前。天空越发阴沉了。

　　戴克斯望着路旁的那棵雪松以及他与埃米特相撞的地方，感觉那好像发生在一千年以前一样。

"好了，戴克斯，"露比说，"带我去尸体那里。你再胡说八道，我就把你跟尸体一起埋进浅坟里！"

"噢，她演得好。"坤燕太太赞叹道，"她演得真好！"

"我们也可以。"勃格米尔先生笑眯眯地说，"你看，这个怎样：除非我们全死了！"

"这个可以安排。"露比用枪指着勃格米尔先生，脸上掠过一丝笑容。

"她赢了。"勃格米尔先生承认道。

"快动，戴克斯特！否则我就杀了你！"露比说。

戴克斯无可奈何地领着这群人沿着小路走去。老人们本来走得就慢，加上他们又时不时地停下来寻找尸体和潜伏在附近的刺客，行进的速度就更慢了。经过那棵巨大的雪松后，戴克斯便拐进了通往林中空地的秘密小路。一群人走进灌木丛，推开树枝，迈过原木，足足走了十五分钟。其间，露比至少六次建议这群老人如果觉得不好走就回去，但每次都被谢绝了。

又拐过几道弯后，林中空地终于映入眼帘。空地上有一堆五颜六色的柔软树叶和一层地毯般毛茸茸的苔藓。除了这些，这里还有安宁，戴克斯心想。

一到林中空地，每个人都停下来，想休息一会儿，四处看看。

"白蜡树！"坤燕太太说，"真是太美了！"其他小矮人也赞叹着走了过来，都想好好欣赏一下这棵树。

第十八章 ❖ 谋杀之谜

露比再也忍不住了。

"你们非要逼我！"她咆哮着说，"你们这帮多嘴多舌、爱管闲事的老东西就不能闭嘴吗？"

所有的谈话都停了下来。所有的人都惊呆了。

"你到底什么意思？"狄凡先生问她，"这也是游戏的一部分吗？"

"她的意思是，这不是游戏。"黛芙娜哀叫着说，"我们一直想告诉你们，那是把真枪。"

小矮人们似乎逐渐明白了他们的处境，他们把目光转向露比。露比正一脸轻蔑、咄咄逼人地看着他们。

"戴克斯特，黛芙娜，"露比命令道，"如果你们谁企图逃跑，我会一枪打在你们腿上，让你们慢慢地死。如果你们照我说的做，我就让你们死个痛快。"

兄妹俩都没有答话。事实上，他们已经说不出话了。

露比把目光转回到小矮人身上。"你们这群唠唠叨叨的东西，都给我走开！"她说，"回你们的休息室去，再玩儿副新牌。"

一开始，所有的小矮人们都一动不动的，似乎全被吓呆了。但接着，有人动了起来，是泰皮太太。所有的小矮人也跟着动了起来。

但他们没有走开，而是排成了一队，径直走到露比和兄妹俩之间。

"走开！"露比又说了一遍，"实话告诉你们，这不是游戏！"

但是没有人走开。事实上，他们还蹲下了身子。眨眼之间，他们似乎便变成了某种军事装备。

黛芙娜大笑起来。她无法控制自己，笑得无所顾忌。她以为她再也没有能力感到惊奇了，然而现在她所感到的就是惊奇。戴克斯不解地看着她。

"七个小矮人，"她摇着头，低声说，显然对自己无边的愚钝感到吃惊，"'八小之组'的胜利。妈妈死后还剩下七个人！"

戴克斯看着在他前面围成半圈的驼背。七张饱经风霜的脸转过来，朝他郑重地点了点头。

露比也明白了。她的脸色瞬间沉了下去，但她并没有把枪放下。

"我本该知道，"她叹了口气，"但没关系！书是我的了，七个老傻瓜可别想打它的主意。"她从包里掏出书，把书高高举起来。

"结束了，罗斯，"西那先生说，"把书给我们吧。"

露比，或罗斯，对此放声大笑。"你以为这种装腔作势的语气对我管用吗？你这个可笑的老头子。"她嘲弄着说，"不过，我有个提议，只要你们现在走开，等我再次学会原初语时，我会让你们做我的领主。"

然后是漫长的停顿，西那先生似乎在考虑这个提议。然后

他古怪地说："那是一把旧式手枪，罗斯。"他向前跨了一步，然后径直向露比走去，就像去跟一个朋友握手一样。

戴克斯和黛芙娜惊恐无奈地目睹着事态的发展。

就在西那先生距露比只有一大步时，一声枪响划破了天空。与此同时，一声可怕的雷声从头顶的乌云中传了过来。随即，倾盆的大雨浇在林中空地和每个人的身上。

西那先生倒在了地上。

戴克斯和黛芙娜对发生的事情不是十分清楚。他们现在无法看见，因为其他六位老人肩并肩筑成了人墙。似乎没人说话。不过，在这如注的大雨中，即使有人说话，也难以听见。

兄妹俩挤成一团，徒劳地为对方遮挡着风雨。

湿透了的兄妹俩，蜷缩在六位老人组成的人体盾牌后面。

老人们稳稳地站在那里。

"把书给我们！"其中一个老人喊道。一道闪电划过天空，接着又是一声惊雷。

"你们全是傻瓜！"露比在雨中咆哮道，"你们都会死在这里的！"

对此，老人们的回答是义无反顾地向前迈了一步，然后又一步。又是一声枪响。一、二、三、四，又是四声枪响，抑或是雷声？隆隆的雷声此起彼伏，让人根本无法判断到底发生了什么事。

又是一声爆炸声，兄妹俩扑倒在地上。是枪声还是雷声？

声音震耳欲聋。兄妹俩捂着头，把脸埋在一堆落叶之中。

突然，似乎一切都安静下来了。连绵的大雨虽然仍在下着，但枪声、雷声以及令人心惊胆战的爆炸声都消失了。

戴克斯和黛芙娜坐起来，他们吓得几乎看不清东西了。远处站着两个人影，但在大雨中很难看清楚他们是谁。薄雾升起来了——到底是薄雾还是轻烟？他们听到咔嗒声，一声又一声。

"那是一把旧式的六发左轮手枪！"一个声音喊道，是泰皮太太，"从一开始就注定这样了！我们是七个人！"

"不！"露比尖叫着，她拔腿就跑，但随即被一具尸体绊倒在地。到处都是尸体。

雨突然停了，他们听到一阵奇异的声音，景色也模糊起来。戴克斯和黛芙娜看见那个孤独的人影慢慢走近了那个跪坐起来的人。站着的人从口袋里掏出了一个亮闪闪的东西。

"吞下去。"泰皮太太命令道。但接着，她又几近温柔地补充说，"安详地去吧。"

一阵短暂的挣扎声。跪坐的人影倒在地上，一动不动了。

随后发生的事情就像慢镜头一样展开了。泰皮太太伸手从地上捡起一个东西。

荒谬之书！

她把书拿到林中空地的边缘，站在兄妹俩的背后。但这个时候，兄妹俩还没转过身来。一声划火柴的声音，接着又

第十八章 ✤ 谋杀之谜

是一声。

　　然后是泰皮太太的声音。"不要伤心，"她轻声说，"一刻也不要为这里发生的不幸的事情伤心。你们的母亲说她准备放弃寻书、结婚生子时，我们虽然伤心，但并不吃惊。很多年以来，我们中的好几个人也做过同样的事，但我们自己的命运又把我们送了回来。得知她去世的消息后我们都很难过。为了感谢她所做的一切，我们一致决定守护你们两个。从那时开始，我们就至少有一个人待在这里。但最近我们都搬了过来，好在一起度过我们最后的日子。

　　"黛芙娜，我们本来计划今天，也就是你十三岁生日这一天，让你把戴克斯特带来，把我们的真实身份告诉你们。我们希望你们能够加入寻书的队伍中。我羞于承认我们对发生在眼皮底下的事情毫不知情。请不要生我们的气。露比的模样完全变了。勃格米尔先生看见你们进了她的房间，为了搞清楚发生了什么事，我们打开了大楼的警报器。我们的力气虽然所剩无几，但还足够应对这样的事情。除了渴望完成寻书的使命，我们同样渴望结束我们疲惫的一生。现在，这两个愿望终于都实现了。我终于就要毁掉这本书了。如果我能点着火——"

　　泰皮太太的声音突然止住了，她发出了恐怖的窒息声。戴克斯和黛芙娜终于转过身来。

　　时间飞逝，天旋地转，一切变得模糊不清。

　　一个非人的东西，一个怪物。

一个皮肤血红、浑身湿淋淋的怪物扼住了泰皮太太的喉咙。

戴克斯和黛芙娜不敢确定，眼前的这个怪物是不是他们认为的那个东西。他们怎么能知道呢？但他们确定他们闻到了某种异味。腐臭的气味从怪物身上散发出来。黛芙娜想走，但发现她根本迈不开步了。戴克斯干呕起来。

天黑了，雨又下起来了。这一切一定是他们的幻觉。

泰皮太太甚至没有挣扎一下，便瘫软着倒了下去。那个东西松开她，任由她瘫倒在地上。

现在，那怪物冲他们走了过来。

兄妹俩谁也没动，这一切都太不真实了。那个东西站在他们面前，用嘶哑的嗓音厉声说："先是那个老头儿，然后是这个老太太，现在是——"

就在这时，尖叫声传了过来。虽然听不清叫的是什么，但那声音蛮荒原始。有人尖叫着向林中空地跑过来了。

那个东西转头向声音的方向看了看，然后起身跑了。

现在，一片警笛声传了过来。林中响起许多人的喊叫声。

各种颜色开始融合、滴落。

一切消褪为黑色。

第十九章

魔力也在不言中

19

　　戴克斯试图睁开眼睛，他费了一番工夫才勉强睁开左眼，右眼还是肿得睁不开。他的嘴唇肿着，起了皮，仍在疼痛。虽然感觉四肢沉重，但他身上却是干爽的，他穿着一身难看的绿色睡衣躺在床上。黛芙娜穿着同样难看的绿色睡衣，躺在另一张床上，正冲他眨眼睛。

　　"我们在医院。"她轻声说，"你睡了好几个小时了！警察来过这里，我假装睡着了，因为这样我就什么也不用说。他们都死了，戴克斯，他们全都死了。我一直瞧不起他们，瞧不起那些老人，我总——总是那样，好像我是一个可怜他们的大人物似的。我感觉自己好像刚从一场最可怕的噩梦中醒来一样。"黛芙娜又眨了眨眼睛，开始抽泣，"他们对我那么好，那么善良，那么关心我，"她呜咽着说，"他们死了，戴克斯，死了。尽管他们不在意生死，但他们死了。"

　　"那个怪物，"戴克斯说，"是——"

　　"是埃米特。他杀了泰皮太太。我猜他终于如愿以偿了。"

"但是那场大火——他怎么没被烧死呢？"

"我不知道。"

"爸爸在这里吗？"

"在。"黛芙娜说，"他受伤了，戴克斯——很严重。是埃米特干的！爸爸髋骨骨折了，得做手术。他还得了脑震荡。我觉得他表现古怪，总念叨些莫名其妙的话。不过我不确定，因为他们讨论他的情况时去了走廊。我猜现在爸爸跟拉蒂在病房里。戴克斯，是拉蒂找到我们的。她把爸爸送上救护车后就去找我们了。她把周围的地方都找遍了！她在康疗院找到了伊芙琳，然后她们一起开车去的公园。戴克斯，是她救了我们。否则埃米特一定把我们杀死了。戴克斯，"黛芙娜补充说，"我吓得尿了裤子。"

戴克斯点了点头，但他什么也没有说。

就在这时，拉蒂进来了。看到兄妹俩都醒了，她宽慰地呜咽起来。"戴克斯，黛芙娜！"她抽泣道，"对……对不起。"

"没关系。"戴克斯说，他的语气中没有丝毫怨气，"我们没事。"

"您做得对。"黛芙娜承认道，"您担心我们是对的，您对拉什的判断也是对的。其实，您都不知道您有多正确。即使您再也不让我们出门了，我都能理解。"

"不，"拉蒂说，这话让兄妹俩吃了一惊，"一直都是我错了，绝对是我错了。一听到那个可怕的名字，我就陷入了一种糟糕的状态，我不断想起你们的妈妈。但是，孩子们，我不该告诉你们我对她的承诺，我不该总拿这件事烦你们。我想让你们因为内疚而听话，我真是既自私又软弱。我把你们管得太严了，让你们很久以来都透不过气来。"

兄妹俩彼此对望了一眼。

"但是，"戴克斯说，"如果没有您在后面追着我们，我们——"

"如果我管得不是那么严，你们可能觉得没必要跟我对着干了。"

"没关系的，拉蒂，"黛芙娜说，"您管得没有那么严。好吧，您管得挺严的。但我们知道您爱我们——就像我们是您的亲生孩子一样。"

显然，拉蒂被这句话深深打动了，她整个人似乎都亮了起来。

"从现在起，一切都将不同了，"她说，"我向你们保证。一言为定？"

"一言为定。"

拉蒂扑到床上，张开双臂把兄妹俩紧紧抱住。兄妹俩也紧紧搂住了她。

拉蒂终于松开他们后，兄妹俩异口同声地问："我们能去看看爸爸吗？"

"当然能！"拉蒂说，"但先让我把医生叫过来。另外，警

第十九章 ✤ 魔力也在不言中

察也想跟你们谈谈。"

幸运的是，每个人都相信，兄妹俩在第一声枪响后便晕了过去，他们对发生的事情一无所知。那个叫露比的老太太发疯时，他们只不过是在错误的时间出现在了错误的地点而已。没有人看清逃离现场的那个人是谁，调查仍在进行中。

在不会引起怀疑的情况下，黛芙娜设法询问了发生在她和戴克斯身上的事是否与书店的失火案有关，她甚至还巧妙地询问了是否有人在林中空地发现了一本书。对于这两个问题，答案都是否定的。

在去米尔顿病房的路上，拉蒂解释说，伊芙琳·伊敦正准备把米尔顿转到康疗院做康复治疗，但兄妹俩都没有注意听她说的那些细节。三个人在一个病房前停了下来。

"我们能不能——"黛芙娜开口问，"我是说，您不介意我们单独去看爸爸吧？"

"当然不！"拉蒂说，"但等等——"

兄妹俩停下脚步，满怀期待地看着她。

"他还在睡。"她说，"在去书店的路上，他告诉我说他自己明白了一些事。"

"什么事？"兄妹俩问。

"他觉得他不是一个合格的父亲。"

兄妹俩彼此看了一眼，他们的眼神中没有怨恨，只有宽慰。

"他意识到他在淘书上花费的精力太多，但对你们的关心

太少了。"拉蒂解释说，"他向我承认，这些年来，淘书其实是他纪念妻子的一种方式。但他这次外出回来后，看到你们两个变得那么疏远，觉得这样做太不值得了。他说，他也不知道他为什么今年夏天非得要出门——尽管他怀疑这可能与你们的十三岁生日有关，他不想让这一天来到，不想让你们变成小大人。他本来盼望能跟你们的母亲一起庆祝这一天的，所以他也没有给你们准备生日礼物，孩子们。"

"但是，如果爸爸退休了——"黛芙娜觉得，她也许可以趁机打听一下床垫里的钱是怎么回事，"我是说，我知道妈妈给我们留下了一些钱，但爸爸难道不需要做点儿什么工作吗？"

拉蒂没有马上回答，她看上去好像很担心。"噢，亲爱的！"她终于说，"那些事我们现在想都不该去想。一切都结束了，我们先送走过去，再担心未来吧。"然后，她温柔地笑了笑，又说，"我会守在你们身边的——当然，在你们需要我的时候。"她吻了吻兄妹俩，然后便走了。

兄妹俩都做好了见父亲的心理准备。戴克斯觉得他会看到父亲身上连着某种可怕的仪器，黛芙娜觉得她会看到父亲腰部以下打着巨大的石膏。但走进病房，他们都松了口气。父亲受伤和手术的唯一痕迹就是放在床边的一把轮椅，除此之外，他看上去跟以前没什么两样。

"爸爸？"戴克斯轻声叫道，似乎担心声音一大就会把他父亲震成碎片似的。

米尔顿没有反应。由于镇定剂的作用，他仍在昏睡。

黛芙娜伤心地看着这个她几乎不认识的男人。这个颓废落魄的男人，真的是那个曾经带她去过上千个既神秘又迷人的书店的父亲吗？她忽然意识到，父亲将有很长一段时间不能淘书了。直到这一刻，就像电光火石一般，她才意识到原来她从小就担心事情会走到这一步。母亲已经消失了，难道这不意味着父亲也可能消失吗？而现在，父亲似乎以这种真实的方式消失了。黛芙娜明白了，到目前为止她为什么把大部分时间都花在了一件事上面——成为一个自立的人，自立就意味着不必依靠任何人。黛芙娜一阵冲动，她跑过去，弯下腰，紧紧地抱住了父亲。尽管米尔顿没有做出任何回应，她仍然紧紧拥抱着他。

看见妹妹紧紧地拥抱父亲，戴克斯意识到妹妹对父亲的依恋是多么深。他忽然明白了自己一直以来为什么坚持说父亲不关心他们了。因为如果爸爸不关心他，那他也不必关心爸爸了。不，不只是这个原因。应该说，如果爸爸不关心他，那他也不必关心他自己了。这与他主动去见露比的做法正好相反。他忽然意识到，如果他的生活是一本书，那么到目前为止，他这本书可能与荒谬之书一样让人费解。

黛芙娜站起身后，戴克斯问她："你是怎样弄明白的？我是说，关于露比和'八人小组'的事？"

"噢，你还没有看这个呢！"黛芙娜从睡衣前胸口袋里掏出那封揉得皱皱巴巴的信。

"给你，你看这个。"她把信递过去说，但戴克斯没有去接。"噢，对不起。"黛芙娜的脸一下子红了。然后，她把那封信大声读了出来。

"戴克斯，"读完后，黛芙娜说，"有件事我还是没有搞明白。拉什用你的眼睛看东西时，他看到了你读的那本书——"

"为什么他还会认为那就是真正的荒谬之书？"戴克斯插话说。

"是的。"

"当我们还在爸爸的房间、埃米特闯进来之前，我就想告诉你的。那是因为我的眼睛有问题，这也是我无法阅读的原因。我一看书，书上的字就会动，那些字好像全部翻转着从行末掉下来一样。我敢肯定，就算我读的是那本词典，拉什也会以为我在读荒谬之书。我记得你读过的那句古怪的话，所以我对整个事情是有把握的。"

兄妹俩忽然觉得这件事很滑稽，他们两人都笑了。

然后，黛芙娜说："戴克斯特，我……对不起。"

戴克斯毫无表情地看着她，好像还在等着什么似的。"但是……？"他终于问道。

"什么意思？"黛芙娜问。

"你每次道歉的时候，都会加上'但是'，"戴克斯解释，"就像在说'但是这真的全是你的错'。"

黛芙娜的脸又红了。"对不起，我不该那样。"她说。她忽然觉得，如果生活是一本书，那么到目前为止，这本书跟荒谬之书一样充满了智慧，"但我真的很抱歉，我不该那样看不起你。"她补充说，"而且我还要对你说，谢谢你。"

"谢——谢我什么？"戴克斯问。

"谢谢你把我藏在壁橱里，谢谢你脑子转得那么快，谢谢你一个人应付埃米特。我知道他把你打伤了，戴克斯。你比我勇敢一百万倍。事实上，我都吓吐了。我只会哭、吐、尿裤子。"听到这些，戴克斯虽然觉得很尴尬，但也特别高兴，他不知道说什么才好。

令黛芙娜吃惊的是，她竟然伸手去拉哥哥的手。令她更为吃惊的是，哥哥竟然由着她把手拉住了。就在这一刻，黛芙娜明白了另外一件事：**你不需要讲原初语，也能说出魔力之语。**

"戴克斯。"她说。

"嗯？"

"埃米特拿着荒谬之书，那本书还没有毁掉。"

"这就意味着'八人小组'的人都白死了。"

"我们必须把那本书拿回来，戴克斯，我们必须把它毁掉。你愿意做这件事吗？"

戴克斯看着妹妹，说："我向你保证。"

"保证什么？"黛芙娜问，"我的意思是，你的'保证'是什么？我从来不明白这句话是什么意思。"

"我也不明白，"戴克斯承认道，"但我的保证是'嘎嘎'。"

黛芙娜咧嘴笑了。"我接受。"她说，"我也向你保证，我的保证是'卡利斯'！"

"我接受。"戴克斯说。

兄妹俩依然拉着手，他们再次回头看了父亲一眼。

"如果他不见好转怎么办？"戴克斯担忧地问。

"他会好起来的。"黛芙娜向他保证。

"我希望你——"戴克斯没说完便停下了，因为这时米尔顿不舒服地动了动身子。

兄妹俩分别走到床的两侧，每人拉住父亲的一只手。因为不想吵醒父亲，他们不再说话。他们只想拉着他的手，守在他的身边，给他安慰。

慢慢地，米尔顿·瓦克斯睁开了双眼。看到戴克斯和黛芙娜拉着自己的手时，他冲他们笑了。他什么也没有说，只是微笑着看着他的两个孩子，他的两个孩子也微笑看着他。三个人就这样微笑着望着彼此，待了很长时间。

发现了世上魔力之语秘密的兄妹俩，还发现了另外一件事，即：魔力也在不言中。

未完待续